W0002343

Michael Köhlmeier

Geh mit mir

Michael Köhlmeier

Geh mit mir

Roman

Piper
München Zürich

ISBN 3-492-04257-0
2. Auflage 2000

Gesetzt aus der Sabon
Satz: Uwe Steffen, München
Druck und Bindung: Clausen & Bosse, Leck
Printed in Germany

Für Birgit

»Ich sehe nichts«, sagte er.
»Natürlich siehst du's«, sagte sie mit einem Lächeln. »Genau solche Dinge siehst du. Für dich ist nichts harmlos.«
»Ich versuche, mir das abzugewöhnen ...«

Richard Ford

We always did feel the same
We just saw it from a different point of view
Tangled up in blue

Bob Dylan

Erstes Kapitel

Als sich die Dinge ereigneten, von denen ich hier erzählen möchte, war ich gerade noch neunzehn und wohnte mit Franka zusammen in Gießen. Da rief eines Tages meine Schwester an und sagte, unser Vater habe einen Herzinfarkt gehabt. Aber er lebe.

»Es ist nur ein Streifer gewesen«, sagte sie. Zuerst hatte sie Herzinfarkt gesagt.

»Wo bist du?« fragte ich.

»In Wien noch«, sagte sie. »Morgen fahre ich heim.«

Ich stand im Flur unserer Nachbarswohnung. Das Telephon hing an der Wand, und ich fühlte, wie meine Oberlippe feucht und klamm wurde, und mir wurde kalt um den Kopf, nur kurz, und ich wußte, daß mir jetzt auch mit aller Kraft kein beschwichtigendes Lächeln gelingen würde.

Ich sagte in den Hörer: »Dann komme ich natürlich auch gleich heim.«

»Und wann?« fragte meine Schwester. Ich hörte in ihrem Hintergrund einen Preßlufthammer, und ich sah sie vor mir, wie sie am Fenster ihrer Wohnung in der Rechten Wienzeile stand und die Gardine zwischen Daumen und Zeigefinger rieb und hinunterschaute auf den Platz vor dem Haus, wo ich mich so gut auskenne wie nirgends auf der Welt, weil ich selber einmal an derselben Stelle gestanden und einen ganzen Tag lang zum Fenster hinausgeschaut habe. Jetzt wird dort draußen gearbeitet, dachte ich, und das gab mir einen kleinen Trost, denn mir war, als horchte ich in den Kopf meiner Schwester hinein, wo ich mich auch ein bißchen auskenne, glaube ich wenigstens.

»Ich kann jetzt nicht lange sprechen«, sagte ich. Ich befand mich nämlich in der Wohnung von Frau Hanne Rotmann, die unsere Nachbarin war, und ich benützte ihr Telephon, weil Franka und ich keines hatten, und ich wollte Hanne nicht lange stören.

Aber Hanne rief aus ihrer Küche: »Nein, du kannst ruhig so lang reden, wie du willst. Du bist ja angerufen worden.«

»Was ist das für eine?« fragte meine Schwester. Sie hatte mich noch nie hier angerufen, Hannes Nummer hatte ich ihr nur für den Notfall gegeben, den äußersten, aber ein Notfall lag jetzt vor.

»Gut«, sagte ich, »sehr gut.«

»Die ist neugierig und redet einen Scheiß zusammen«, sagte meine Schwester.

»Gut«, sagte ich.

Hanne hatte etwas auf dem Herd stehen, was tatsächlich gut roch, es war später Vormittag. Der Fernseher in der Küche lief. Es war ein kleiner Schwarzweißfernseher, der das Bild nicht halten konnte, es rollte alle halbe Minute über den Schirm.

»Jemand muß bei der Mama bleiben«, sagte meine Schwester.

»Hast du mit ihr gesprochen?« fragte ich.

»Nur mit ihr.«

»Dann komme ich auch morgen. Oder übermorgen«, sagte ich ins Ohr meiner Schwester und drückte schnell den Daumen auf die Gabel, ohne ihre Antwort abzuwarten, und legte den Hörer auf.

Und dann stand ich eine Weile so da.

Es war Herbst, das ist die Jahreszeit, in der ich mich selber am liebsten habe und mich am liebsten im Freien aufhalte. Ich kann den Herbst durch die Mauern riechen, und von allen Gerüchen begeistert mich der Herbstgeruch am meisten, und ich kann ihn auch dann noch durch eine Mauer hindurch riechen, wenn in einer Küche Basilikum gehackt und Zwiebeln in der Pfanne angeschmolzen werden. Im Herbst habe ich viel vor. Deshalb blicke ich im Herbst öfter in die Zukunft als sonst, und dort sehe ich mich als einen, der es auf manchen Gebieten geschafft hat. Einmal hat mir ein Freund ein Gedicht über den Herbst vorgelesen, das er selber geschrieben hat, da hieß es: *Meine Gedanken flattern durch eine Horde Gespenster hindurch*. Ich fragte ihn, was damit gemeint sei, und er sagte, er wisse es nicht, er habe die Zeile irgendwo abgeschrieben.

Das fiel mir ein, als ich im Flur von der Hanne Rotmann stand, und ich dachte, ob jetzt wohl meine Gedanken durch eine Horde Gespenster flattern, und ich fand, das taten sie nicht. Die Wand neben dem Telephon war lindgrün und abwaschbar und reliefartig, und sie war einfach nur da, und ich konnte mir nicht vorstellen, daß Hanne und ihr Mann diese Tapete an die Wand geklebt hatten. Ich dachte, das muß ihr Vormieter gewesen sein, so gleichgültig und fremd und gottverlassen war sie da, daß mir übel wurde. Gleichgültig wie der Asphalt auf dem Platz vor dem Fenster meiner Schwester in Wien. –

Ich habe vergessen zu sagen: Ich heiße Wise. Das leitet sich ab von Alois, womit ich aber nicht sagen will, daß ich eigentlich Alois heiße. Alle sagen Wise zu mir, und das will ich auch, denn so heiße ich.

Hanne Rotmann fragte, ob zu Hause etwas passiert sei. Ich sah sie nicht, hörte aber, daß sie vom Kochlöffel probierte, während sie sprach.

»Die Frau redet so ähnlich wie du«, sagte sie. »Wir haben uns unterhalten. Die längste Zeit, bevor ich dich geholt habe.«

Hanne trat in die Küchentür, sie hatte ihre Haare unter eine Mütze geschoben. Als sie mich geholt hatte, waren ihre Haare offen auf die Schulter gefallen, schöne, dunkle Haare, die über jeder Locke glänzten. Sie war eine kleine, feingliedrige Person, die auf mich immer etwas verhuscht gewirkt hat, als wollte sie sich entschuldigen, weil ihr vielleicht gerade etwas aus den Händen gefallen war. Sie war schon dreißig oder darüber, aber sie wirkte jünger, so alt wie ich ungefähr.

»Hanne«, sagte ich, »meinem Vater ist etwas passiert, er hat einen Herzinfarkt gehabt, aber nur einen Streifer.«

»Das muß doch nicht gleich etwas bedeuten«, sagte sie und war nicht erschrocken. Sie hat es gewußt, dachte ich, meine Schwester hat es ihr gesagt. Sie trug ein T-Shirt ihres Mannes, ich kannte es, *Hard Rock Cafe Orlando*, und Bluejeans, deren Enden sie eine gute Handbreit umgeschlagen hatte, und hatte sogar in der eigenen Wohnung Schuhe an, hohe Stöckelschuhe.

»Dein Vater kann noch uralt werden«, sagte sie. Sie trat auf mich zu, und ich machte mich kleiner, indem ich das Gewicht auf ein Bein verlagerte und den Kopf zur Seite neigte, das mache ich automatisch.

»Uralt«, wiederholte sie.

Wir schauten uns gerade in die Augen, und ich hielt es leicht aus. Dann verzog sie ihr Gesicht, und ich dachte, jetzt fängt sie gleich zu weinen an, weil meine Sache sie vielleicht an eine eigene Sache erinnerte. Aber es war ein Lächeln, sollte es jedenfalls sein. Sie vermied es, die Zähne zu zeigen, weil die ziemlich schlecht waren, und preßte bei geöffnetem Kiefer die Lippen zusammen, das war ihr Lächeln. Einen Suppenlöffel hielt sie zwischen Daumen und Zeigefinger, auf dem war noch etwas rote Sauce.

»Sie ist deine Schwester, stimmts?«

»Ja«, sagte ich. »Sie heißt wie du, Johanna.«

»Oh«, sagte sie.

»Aber wir sagen Johanna zu ihr.«

»Und sie sieht dir ähnlich, stimmts?«

»Nein. Gar nicht.«

»Johanna heißt sie also.«

»Ja«, sagte ich.

»Ich muß immer denken, wenn zwei gleich sprechen, sehen sie auch gleich aus.«

»Meine Schwester und ich sprechen nicht gleich«, sagte ich.

»Für mich schon«, sagte sie und war jetzt sehr verlegen. »Es tut mir so leid, Wise, man kann hundert damit werden. Sie hat sich gewundert, daß du überhaupt noch hier oben zu erreichen bist.«

»Ich wundere mich auch«, sagte ich. Dann sagte ich noch »danke«, und daß sie Joko von mir grüßen soll, und »Mahlzeit«, was in Gießen, glaube ich, keiner sagt. Und dann ging ich über den Flur hinüber zu unserer Wohnung. Das heißt, zu Frankas Wohnung.

Ich glaube, niemand in dieser Stadt hatte, bevor ich hierher kam, je eine Ahnung, was Wise mit Alois zu tun haben könnte. Wenn ich mich den Leuten vorstellte, dann hieß es erst: Mit ie wie die Wiese? Und dann: Und wie mit Vornamen? Und wenn ich sagte, Wise sei mein Vorname, dann fanden das die meisten Leute höchst interessant, und wenn ich sagte, es sei ein ganz normaler Name, er leitet sich von Alois ab, denn in meiner Heimat sagt man zu Alois Alawis, dann fand kaum einer meinen Namen noch interessant, und das war mir recht, denn es ist tatsächlich ein normaler Name, der genauso auch in meinem Paß steht.

Wise Fink.

Ich war allein an diesem Vormittag, und weil ich allein war, hatte ich auch keinen Drang mehr zu weinen. Vormittags war ich meistens allein. Ich schenkte mir Kaffee in eine von Frankas Tassen, die ich manchmal in aller Ruhe anschaute, mit denen ich manchmal sogar redete, nicht im Ernst, nur: »Also, was machen wir jetzt?« oder »Gehn wirs an!« oder so ähnlich, sie waren mit grünen, blauen und türkisen Gewächsen bemalt und gingen alle kaputt. Ich kam mir herzlos vor und wußte nicht warum. Ich setzte mich an den Küchentisch, hielt meine Finger über die Tasse, bis sie feucht wurden vom Kaffeedampf.

Wir wohnten im achten Stock, Franka, ihre beiden Kinder, Merle und Simon, und ich. Franka war neun Jahre älter als ich, sie hatte nach ihrer Scheidung wieder angefangen zu studieren und lebte vom Geld ihrer

Eltern, und ich lebte mit davon. Denn einen Beruf im eigentlichen Sinn hatte ich nicht. Manchmal habe ich mir von Studenten Arbeiten in den Computer diktieren lassen, weil ich doch ziemlich rasant schreiben kann. Davon habe ich mein Benzin bezahlt. Fast alles, was in der Wohnung stand, hatte Franka von ihren Eltern geschenkt bekommen, auch die Tassen. Oder wir haben Stücke bei einem Trödler außerhalb der Stadt gekauft, der mit amerikanischen Möbeln handelte, die mit dunkel gebeiztem Holz furniert und schwer wie Gußeisen waren, oder wir kauften uns unten in der Stadt goldfarbene Bilderrahmen ein, wenn einmal im Monat auf dem Seltersweg ein Flohmarkt abgehalten wurde. Bezahlt haben wir auf jeden Fall mit dem Geld von Frankas Eltern.

Ich habe Frankas Eltern nur einmal gesehen, nämlich als sie kamen, um mich zu begutachten. Der Vater war Notar, die Mutter Ärztin. Er war groß, fast so groß wie ich, und ich bin so groß wie Boris Karlow, und der ist sehr groß. Frankas Vater hatte dicke, glatte, graue Haare und einen Scheitel, der sich wie eine Schlucht über seinen Kopf zog. Ich gab ihm die Hand. Er sah mich nicht an. Schlimmer aber war Frankas Mutter. Sie sah mich nicht an und nahm auch nicht meine Hand. Sie machte eine Bewegung mit der Schulter, die für mich eindeutig hieß: So einer also! Und damit meinte sie nichts Gutes. Alles spielte sich im Flur unserer Wohnung ab, vor der Küchentür, die offenstand. Die Mutter hatte einen Mund, den ich sexy fand, den Mantel zog sie nicht aus, sie gab kleine Rülpser von sich und blähte dabei ihre Backen auf. Dann sagte sie etwas vor sich in die Luft hinein und wandte mir den Kopf zu, ohne mich anzusehen freilich, und hob die Brauen, um mich wissen zu lassen, daß sie das lustig fand, was sie eben gesagt hatte. Aber ich war viel zu aufgeregt gewesen, um darauf zu achten, und darum verstand ich den Witz nicht, und das war dann schon wieder ein Minus für mich gewesen. Der Vater sprach zweimal hintereinander meinen Namen aus und bewegte dabei so leicht seinen Kopf hin und her, daß er jederzeit hätte abstreiten können, es sei ein Kopfschütteln gewesen, und die Mutter lächelte dazu und blähte wieder ihre Backen auf. Dann lächelten sie beide. Es war ein Lächeln, das ich überhaupt nicht mochte, so als wäre mit meinem Namen ein Witz verbunden, den ich wieder nicht verstand. – Mehr möchte ich über Frankas Eltern nicht berichten. – Franka jedenfalls war auf meiner Seite. Sie sagte: »Hast du mit etwas anderem gerechnet?« Das hatte ich, ja.

Genaugenommen bin ich einen Meter zweiundneunzig groß. In dieser Tatsache könnte der Grund allen Übels liegen. Man hat aber auch schon gesagt, Franka und ich passen gut zusammen, weil wir beide solche Bohnenstangen seien. Dabei ist sie einen guten Kopf kleiner als ich, was immer noch groß ist für eine Frau. Etwas haben mich Frankas Eltern dann doch gefragt, nämlich, was mein Vater von Beruf sei. Ich sagte, er schreibe für diverse Zeitungen. »Für diverse also«, antworteten sie fast gleichzeitig.

An manchen Vormittagen, wenn ich allein in unserer Küche saß, konnte es innerhalb von fünf Minuten passieren, daß ich mich erstklassig fühlte, was schon eine ganz andere Art von Luftholen war, aber dann fühlte ich mich auf einmal ängstlich und gleich darauf unbedeutend und am Ende wie ausradiert. Und die Vision einer zeitlosen Langeweile suchte mich heim, breit wie ein Fußballfeld aus der Perspektive eines Käfers, aber die Vision verflüchtigte sich in Sekunden, und alles fing wieder von vorne an, und es war doch auch tröstlich zu wissen, daß immer wieder in Abständen das Gute kommt.

Das Küchenfenster in Frankas Wohnung ging nach hinten hinaus auf den Philosophenwald, der gleich hinter dem Block beginnt. Der Blick vom Küchentisch fiel auf die Kronen seiner Bäume, und man konnte sich hier fühlen, als ob man in einem Baumhaus wohnte, und zu jeder Zeit war in der Küche der Geruch des Waldes, auch wenn Franka das Fenster zumachte, weil ihr kalt war, auch wenn ich Zwiebeln anbriet, weil ich zum Beispiel einen Hackbraten vorbereitete, der eindeutig zu meinen Lieblingsspeisen gehört, auch kalt, mit Senf und Kartoffelsalat dazu. Hauptsächlich wuchsen Eichen und Buchen vor dem Fenster, die Blätter waren bereits braun und rot und golden. Ich sah die Eichenhütchen, die an den Zweigen hängengeblieben waren, so nah standen die Bäume. Eine Linde schob ihre Äste nahe heran. Sie hatte nur noch wenig Laub, es leuchtete in einem sonnigen Gelb. Und ich war allein und nur für mich da, und es war ein Zustand, der sich sogar dem Zugriff der Liebe entzog, denn ich meinte, ich hätte sie im Augenblick nicht nötig … – Die Vormittage und den Küchentisch und das alles, das Wachstuch mit den blassen Karos, die ich mit meinem Füller nachzeichnete, die Gerüche vom Gasherd und vom Kaffee mochte ich, die bunte Blechdose, in der wir den Kaffee aufbewahrten, das Radioprogramm um zehn Uhr vormittags, wenn über Probleme geredet wurde, die ich nicht hatte, aber verstand. Oder ich lehnte einen ganzen Vormittag lang am Fenster und blickte hinaus auf das Fensterbrett aus Beton, wo Käfer Laub zersägten und abtransportierten, wo in den Ecken der Schimmel blühte. Aber am liebsten saß ich am Küchentisch und trank Kaffee und tat sonst nichts und hörte nichts. Mir ist in meinem Leben noch nicht viel Besseres passiert, aber das kann ja noch kommen. Daß beispielsweise irgendwelche Erfolge über mich hereinbrechen wie der Münzregen aus einem Spielautomaten.

Aber nachdem ich aus Hanne Rotmanns Wohnung zurückgekommen war, war mir die Brust schwer, und ich atmete so gering, daß ich zwischenhinein tief seufzen mußte, was aber wahrscheinlich kein Seufzen war, sondern lediglich ein größeres Luftholen. Nicht einmal zum Seufzen war mir zumute, und ich dachte, das ist nicht normal, aber ich wußte, ich bin an gar nichts schuld. Ich hatte Schwein gehabt, ich war nicht brutal mit dem Unwiderruflichen konfrontiert worden, das sagte das Wort *Streifer*. Ich war immer auf der Hut gewesen, mir Sachen zu wünschen, die ich nicht bekommen konnte. Ich habe zum Beispiel lange, ungraziöse Schritte, und zu schmale Schultern für meine Größe habe ich auch. Aber ich habe keine Schuppenflechte, wie Herr Wilhelm Graf eine hatte, der Leiter der Sparfiliale, wo Franka und ich immer einkauften. Sie klaute dort Haltbarmilch, was ich mißbilligte, schon deshalb, weil ihre Eltern genau so etwas mir zugetraut hätten.

Jetzt wünschte ich mir, Franka hätte das Angebot ihrer Eltern angenommen und sich ein Telephon bezahlen lassen. Dann hätte ich mich vor den Apparat setzen, ihn erst anschauen können, ein oder zwei Minuten lang, wie die Kaffeetasse, in aller Ruhe, und dann hätte ich zu Hause angerufen. Das brachte ich nämlich nicht zusammen im Flur von Hannes Wohnung. Aber wahrscheinlich hätte ich es auch nicht in unserer Wohnung zusammengebracht. Ich wußte ja nicht, wer abnehmen würde. Meine Mutter. Oder mein Vater. Oder niemand. Was, wenn der Hörer endlos in meinem Ohr nach ihnen rufen würde? Sie könne sich mit fast dreißig nicht alles von ihren Eltern bezahlen lassen, sagte Franka. Aber wir lassen uns doch alles von ihnen bezahlen, hatte ich darauf geantwortet. Weil es ja auch stimmte. Für jedes Ei, das ich mir in die Pfanne haue, legen sie ab. Sagte ich. Für jeden Schritt, den ich hier mache, weil sie ja auch die Miete zahlen. Aber Franka wollte kein Telephon. Das hatte nichts mit einer Lebensstrategie zu tun. Ich glaube sogar, Franka hatte gar keine Lebensstrategie. Ich dagegen habe eine. Auch wenn ich nicht genau sagen kann, wie die aussieht. Ich spüre, was ich will, kann es aber nicht sagen. Besonders deutlich, wie gesagt, spüre ich im Herbst, was ich vom Leben erwarte.

Mittags verließ ich die Wohnung. Ich lief die acht Stockwerke hinunter. Ich wollte nicht warten, bis der Lift kommt, weil mich Hanne sehen hätte können, wenn sie durch den Spion in ihrer Wohnungstür geguckt hätte. Der Kindergarten war gleich ums Eck bei unserem Block, ein flacher Bau, der bei schlechtem Wetter während einer Woche in einen Hinterhof geklemmt worden war. Zwei junge Kastanienbäume standen rechts und links vom Eingang, die waren schon vier Meter hoch gewesen, als man sie eingesetzt hatte, die Wurzelballen in ein Tuch geschlagen wie in Windeln. Ich schlurfte durch die Blätter, es duftete und rauschte, das Herz meines Vaters soll mir nicht böse sein, daß ich glücklich war. Eine Luft war, die mich an den Föhn bei uns zu Hause erinnerte, ich höre zu solchen Gerüchen gern deutsche Schlager, weil ich dann das Gefühl habe, ich bin mitten im Leben, und das Leben tut mir trotzdem nicht weh. Berberitzen wuchsen vor der langen Fensterreihe des Kindergartens, um sie herum war ein Teppich aus kleinen, roten Blättern, und auch dürre Zweiglein waren darunter und Schokoriegelpapier. Ich habe im Kindergarten zu den Kindern gesagt, sie sollen nicht auf den Boden greifen, weil die Berberitzendornen ein Wahnsinn sind, der drei Tage lang weh tut und dann eitert. Unsere haben sichs gemerkt, aber von manchen anderen weiß ich, daß sie es sich nicht gemerkt haben.

Ich sah Simons Kopf hinter der Scheibe. Er hatte seinen Platz gleich am Fenster, den hatte er sich ergattert, als vor einem Dreivierteljahr der Kindergarten eröffnet worden war, damals war Winter gewesen, und Simon wollte dicht an der Heizung sitzen. Wie seine Mutter friert er leicht. Ich setzte ein Lächeln auf, damit er mich gleich lächeln sieht, falls er zum Fenster herausschaut. Die Haare fielen ihm auf die Schultern, oben auf dem Kopf waren sie glatt und dunkel, aber am Ende lockten sie sich noch und waren hellblond. Ich sah nur seinen Kopf und wußte doch, daß er mit etwas Kniffligem beschäftigt war. Den Mund schob er schief in die Backen hinein, und im Mundwinkel waren die Lippen ein wenig geöffnet, als ob er Rauch ausblasen wollte. Die Augenbrauen, die ja nur aus Flaum bestanden, in der Farbe nicht anders als die Haut, waren streng nach oben gezogen, und auf der Stirn war eine Falte. So ein Gesicht machte er, wenn er zum Beispiel Zwirn um vier Streichhölzer wickelte, zwischen die er vorne eine Nadel und hinten ein gefaltetes Papierkreuz gesteckt hatte, das war zur Zeit unserer Dart-Olympiade.

Als ich den großen Spielraum betrat, rief ein Mädchen nach hinten, wo die Turnstangen an die Wand geschraubt waren: »Euer Riese ist da!« Irgendein Kind rief das immer, wenn ich am Mittag kam, um Merle und Simon abzuholen.

»Hast dus denn vergessen?« rief Merle von dort, ich konnte sie nicht sehen. Kinder standen um sie herum, sie wühlte irgendwo und wollte mich nicht sehen.

»Ja, ich habs vergessen«, rief ich zurück.

Simon reagierte nicht, ich nahm an, er hatte gar nicht bemerkt, daß ich hier war. Er klebte etwas, neben ihm auf dem Pult lag sein Sacktuch, hart vor Rotze.

Als ich wieder draußen in der Garderobe war, lief Merle hinter mir her.

»Das ist gemein von dir«, sagte sie. »Daß du kommst, und ich muß denken, was es heute im Kindergarten zum Essen gibt und ich lieber bei dir essen würde.«

»Ich habe gar nichts gekocht daheim«, sagte ich. »Daheim gibts gar nichts. Ich bin gekommen zum Hieressen.«

»Das geht, glaub ich, nicht.«

Sie bekam ganz leicht ein schlechtes Gewissen, und ich muß zugeben, es hat mich immer gejuckt, es anzuzünden. Sie setzte sich auf die Bank unter den Mänteln und Jacken, schob mit ihren bestrumpften Füßen die Turnschuhe beiseite, was eine Aufforderung war, mich neben sie zu setzen. Sie hatte alle Locken verloren, als Franka ihr im Sommer die Haare geschnitten hatte. Jetzt waren nur fade, blasse Strähnen auf ihrem Kopf. An ganz Merle war nichts Aufregendes, nur die Augenbrauen, die wie bei ihrem Bruder beinahe haarlos waren, die waren doch ein bißchen besonders, weil niemand solche hatte, das sagte ich auch immer zu ihr, sie waren wie kleine Giebel und schnellten empor, wenn sie redete, und wer sie nicht kannte, meinte, gleich fängt das Kind zu weinen an. Und man hatte oft nicht unrecht damit. Merle weinte gern. Man mußte zum Beispiel nur zu jemandem sagen: Hör auf, sonst weint sie. Dann weinte sie. Ganz egal, was war. Sie hielt sich für meinen hervorragenden Schatz, und das war sie auch, alle Sorgen, die ich mit ihrer Mutter hatte, hörte sie sich an und nickte dazu wie eine weise Indianerin.

Ich setzte mich und lehnte mich an die Wand und war dabei so ungeschickt, daß der Aufhänger eines dunkelroten Lodenmantels abriß.

»Der gehört der Janin«, sagte Merle.

»Soll ich den Aufhänger wieder annähen?« fragte ich.

»Aber du hast keinen Faden.«

»Der Jean Pierre kann mir einen geben und eine Nadel.«

Merle nickte, blieb noch eine halbe Minute sitzen, ohne sich zu rühren, und sprang dann in den Spielsaal zurück. Ich schloß die Augen, vergrub die Hände in dem roten Lodenmantel auf meinen Knien, gleich wurden sie warm. So rettete ich ein paar Minuten des Tages.

»Hast du mich trotzdem lieb?« fragte Merle.

»Ja«, sagte ich. Sie fädelte den Zwirn ein. Das andere machte ich. Sie fragte nie weniger als zehnmal am Tag, ob ich sie lieb habe, und immer setzte sie ein Trotzdem vor die Frage. Das war ihre Mode.

Ich wußte nicht, wie ich ihr das von meinem Vater sagen sollte. Ich war mir auch nicht sicher, ob mir bei dieser Sache ihr Indianernicken geholfen hätte. Sie kannte meinen Vater gar nicht, ich hatte ihr nie von ihm erzählt, es mußte ihr gleichgültig sein, was mit ihm war, außerdem konnte sie sich unter einem Herzinfarkt oder einem Streifer nichts vorstellen und unter einem Vater eigentlich auch nichts.

»Ich habe am Abend Hunger«, sagte sie.

»Ist gut«, sagte ich. Dann ging ich.

Am Rand zum Philosophenwald hockten die Männer vom nahen Asyl auf den gefällten Fichten und warteten auf eine Lücke in den Wolken, damit sich die Farbe des Asphalts zu ihren Gunsten veränderte, und steckten ihre abgebrannten Streichhölzer in den Boden und zeigten zum Gruß mit dem Finger auf mich.

Nach und nach fiel mir wieder ein, was meine Schwester alles gesagt hatte. Sie hatte nämlich viel mehr gesagt, als mir im ersten Augenblick bewußt geworden war. Ich konnte nicht behaupten, sie nicht verstanden zu haben, denn verstanden hatte ich die Worte alle, aber Herzinfarkt und Tod waren Worte, die in mir keinen Widerhall fanden und tatsächlich wie unerlöste Gespenster waren. Ich mußte im nachhinein meinem Freund, dem Gedichteschreiber, recht geben: Das kann es geben, daß Gedanken durch eine Horde Gespenster hindurchflattern.

Als ich schon vor unserem Block stand, kehrte ich

wieder um und ging denselben Weg zurück und betrat die Sparfiliale, die vor dem Kindergarten steht. Es war knapp nach Mittag, und ich war der einzige Kunde, die Kassen waren alle unbesetzt, und auch hinten beim Fleisch war keine Bedienung zu sehen. Ich nahm einen Wagen und schob ihn durch die Reihen. Vier Fruchtmolkepackungen gab ich den Korb, Maracuja, Mango, Grapefruit und Orange, das gesunde Joghurt, das Simon so gern aß, Milch nicht, Gemüse von allem, was da war, Schmetterlingsnudeln und zwei Dosen mit italienischen Tomaten, die frischer schmecken als die frischen, und dann wartete ich an einer der Kassen, bis die dicke Lotte mit den blauen Streifen im Haar daherkam, mit der ich mich gern unterhielt. Sie war mit einem Amerikaner verheiratet, einem früheren GI, der hier in Gießen stationiert gewesen war, ebenfalls dick. Sie borgte mir manchmal Kassetten mit Countrymusic, Emmylou Harris und Dwight Yoakam und so. Wie es mir geht, fragte sie. Ihr hätte ich von meinem Vater erzählen können, und wenn Franka ein Telephon gehabt hätte, dann hätte die Lotte mit Sicherheit unsere Nummer herausbekommen und am Nachmittag bei uns angerufen und gesagt, das mit meinem Vater habe ihr keine Ruhe gelassen. Aber ich erzählte ihr nichts, und wir hatten kein Telephon.

Merle und Simon schmeckte alles, was ich kochte, am liebsten hatten sie eingebrannte Grießsuppe oder Kartoffelgulasch oder Spinatspätzle, obwohl ihnen davon manchmal schlecht wurde, weil ich es nicht lassen konnte, zuviel Rahm unter die Sauce zu ziehen, und selbstverständlich schmeckten ihnen meine Schmetterlingsnudeln, ganz gleich mit was für einer Sauce dazu. Simon mochte am allerliebsten Brötchen, dick mit amerikanischer Erdnußbutter beschmiert, die ihm am Gaumen kleben blieb, bis er kaum mehr Luft bekam und sie mit den Fingern abkratzte. Wenige Tage, bevor meine Schwester anrief, hatten Franka und ich leider eine neue Regelung getroffen. Die Kinder blieben über Mittag im Kindergarten, und Franka aß unten in der Mensa. Es gab gemeinsam also nur Abendbrot, und zwar etwas Kaltes. Das war die Folge, weil ich einmal, ein einziges Mal nur, gesagt hatte, ich sei es leid, die Hausarbeit zu machen, obwohl ich es gar nicht leid war, sondern, wie gesagt, im Gegenteil. Franka sagte, sie wünsche sich von einer Beziehung gegenseitiges Verständnis ohne wesentliche Ironie. Darüber habe ich lange gerätselt. Simon, dem Kleinen, war es egal, wo er aß, aber Merle weinte natürlich, als Franka die Befehle austeilte, und ich hätte alles getan, damit Merle aufhört, denn wenn ihr die Tränen kamen, wurde ihr helles Gesichtchen auf eine Art häßlich, die mich rührte, wie mich sonst nur Geburten in amerikanischen Ärztefilmen rühren. Ich spürte, und zwar zum ersten Mal, daß mein Leben an mir vorbei- und davonzog, und ich stand da und hielt meinen Körper vor mich hin wie eine Puppe, und logischerweise war meine Existenz dahinter ein Bluff. Aber ich wußte auch, dieses Gefühl hört gleich auf, und dann fühlt sich alles wieder normal an, und Schmerz heißt Schmerz und Ärger Ärger und so weiter.

Franka aß übrigens gar nicht unten in der Mensa zu Mittag, sondern bei dem Lehrer, der zur Zeit an ihrem Institut kleine Vorträge über irgend etwas hielt und angeblich fein irgendwelche Kleinigkeiten kochen konnte und mit dem sie zur Zeit etwas hatte, was nichts bedeutete, außer daß es mir weh tat, als wäre meine Brust zwischen zwei Autoreifen geraten. Nebenbei: das mit den Geburten in amerikanischen Ärztefilmen, das sage ich nicht nur jetzt, das hatte ich auch zu Franka gesagt, und es hat sie noch wütender gemacht, und ich konnte es nicht mehr zurücknehmen, denn ich hatte es bereits zweimal gesagt, und sie sagte, es sei nichts weiter als Angeberei, und ich versuchte, ein unschuldiges Flakkern in die Augen zu kriegen, und sagte, ja, zugegeben, es ist Angeberei, und es tut mir leid, aber es war keine Angeberei.

Ich setzte mich in die Küche, hörte die Politik im Radio und tat, was ich gerne tat, nämlich Gemüse fein schneiden, so fein wie für eine Minestrone. Das ließ ich alles zusammen in einem Ölsee in der Pfanne anziehen. Am meisten Freude hatte ich beim Sellerie. Den Geruch des Selleries stelle ich an die Spitze der Gerüche. Ich nahm ihn mir als letzten vor. Damit meine Finger seinen Geruch behalten.

Daß ich Simon und Merle weiterhin ins Bett bringen durfte, das hatte ich herausgehandelt aus der neuen Vereinbarung. Wenn die beiden aus dem Badezimmer kamen, wo ich ihre Rücken abgeschrubbt und mir ihre Tagesgeschichten angehört hatte, schlüpften sie in ihre Flanellschlafanzüge und liefen zu ihrer Mutter ins Zimmer und sprangen auf ihren Arm. Dann warteten sie. Waren still. Schauten zur Tür. Schauten einander an und zuckten mit den Schultern. Schauten wieder zur Tür. Sie warteten, bis sie vor der Tür jemanden stampfen hörten. Sie kreischten und versteckten sich unter dem Glastisch, was ein Blödsinn war, weil man sie dort sehen konnte, als säßen sie mitten auf dem Teppich. Dann riß der Jemand die Tür auf, und sie zeigten ihm ihre schmalen, kleinen Zünglein, die aussahen wie Scheibchen von Fonduefleisch, und derjenige machte mit Zeige- und Mittelfinger eine Geste, als wollte er ihnen die Zungen abschneiden. Worauf sie ihre Hand vor den Mund preßten und kicherten. Dann trug der Jemand die beiden hinüber ins Kinderzimmer und legte sie in ihre Betten und deckte sie zu, wickelte ihre Füße in die Decke, als wären sie Postpakete, und legte sich dann selber lang auf den Boden, so daß sein Kopf bei Simons Bett und seine Füße bei Merles Bett waren, damit sie sich ohne Bangigkeit von den Klippen ihrer weichen Kopfkissen ins Traumland stürzen konnten.

Zweites Kapitel

Im Mai hatten Franka und ich meine Eltern besucht. Ich war über ein Jahr nicht mehr bei ihnen gewesen. Als ich bei Johanna in Wien wohnte, hatte ich bestimmt einmal in der Woche mit zu Hause telephoniert. Es hatte immer meine Mutter abgenommen. Mit meinem Vater hatte ich nicht gesprochen. Hat sich so ergeben. Aus Gießen habe ich nie angerufen.

Ich wollte den beiden zeigen, daß aus mir etwas geworden war. Ich trug einen Anzug. Ausverkauf, aber neu, braun mit winzigem Fischgrätmuster, eine Weste und ein violettes Hemd. Am liebsten hätte ich nur noch Anzug getragen. Er hatte ein paar kleine Fehler und deshalb ein Zehntel des Ladenpreises gekostet, nicht einmal fünfzig Mark. Weder mein Vater noch meine Mutter gaben allerdings einen Kommentar ab. Da hängte ich ihn auf einen Bügel und zog Jeans und T-Shirt an.

Franka mochte meinen Vater. Sie bewundere die laue Wildnis und meinte damit: Daß er das Hemd über die Hose hängen hatte und nicht ein Knopf an seiner Kleidung in einem Knopfloch steckte, daß er barfuß im Haus herumging, Haare bis zum Gürtel hatte, ungekämmt war, unrasiert war, daß er in der Küche aus den Töpfen aß und zum Fenster hinausspuckte und viertelstundenlang mit stirnrunzelnder Sachverständigkeit in der Nase bohrte. Und daß er sich als »der alte Fink« vorstellte, gefiel ihr auch. Und seinen Geruch mochte sie besonders gern.

»Wie ein voller Aschenbecher«, sagte ich.

»Wie ein altes Lagerfeuer«, sagte sie. Mein Vater hat nämlich die Angewohnheit, seine Virginias und Zigaretten zwischen Daumen und Zeigefinger auszudrücken und in die Tasche zu stecken, um sie später weiterzurauchen.

Unser Haus schaute sie sich mit einer euphorischen Fassungslosigkeit an. Daß es so wenig Steckdosen gab und fast keine Tür richtig geschlossen werden konnte, weil überall Elektrokabel im Weg lagen, das fand sie genial. Mein Vater führte sie durch die Zimmer, ich tappte hinterher. Ich sah, daß sie mit den Lippen zuckte und den Mund leicht geöffnet hielt, was bei ihr nur Gutes heißt.

In der Nacht in meinem ehemaligen Bubenzimmer hatten Franka und ich dann ein bißchen einen Streit, seinetwegen. Es hatte einen Kampf gegeben zwischen ihm und mir. Zuerst war es nur ein Blödsinn gewesen, am Ende nicht mehr. Franka sagte, es sei am Ende nur von mir aus kein Blödsinn mehr gewesen, von ihm aus immer noch. Ich weiß, daß es am Ende auch von ihm aus kein Blödsinn mehr war. Und wahrscheinlich war es für ihn von Anfang an keiner.

Weil ein warmer Abend war, hatten mein Vater und ich die Mama mitsamt dem Sessel in den Wintergarten getragen. Es war sein Vorschlag gewesen, die Mama mochte das nicht. Er hat unbedingt eine Show abziehen wollen. Vor Franka. So sehe ich das. Und ich habe mitgemacht. Wir faßten den Ledersessel unten an den Beinen und hoben ihn hoch. Die Lehne ragte über unsere Köpfe hinaus, und die Mama schwebte hoch in der Luft wie in einer Sänfte. Sie hatte keine Angst, aber sie genierte sich vor Franka. Franka tat, als ob hier eine normale Aktion ablaufe, man kann ihr das nicht verübeln, aber eben weil sie so tat, genierte sich meine Mutter vor ihr.

Dann saßen wir beisammen draußen im Wintergarten im Dämmerlicht des Abends, schauten zu, wie der Zigarettenrauch zum Fenster hinausgeweht wurde, wie er sich draußen zum Himmel erhob, als würde er angesaugt, und wir wußten beim besten Willen nicht, was wir sagen sollten.

Mein Vater ließ einen Spucketropfen auf die Glut fallen, schnippte die Kippe in den Garten und zwickte mich in den Oberarm. Und ich? Ich zwickte zurück, in seinen Oberarm. Ich tat es, um ihn nicht bloßzustellen. Wenn ich nicht reagiert oder zum Beispiel gesagt hätte, laß das oder spinnst du, wäre er vor Franka als ein Idiot dagestanden. Ihm zuliebe, dachte ich, müßte ich so tun, als ob eine Verständigung, und sei es eine boshafte, zwischen uns beiden stattfinde. Er war eingeraucht. Ich hatte es nicht gleich gemerkt. Es riecht im Haus immer danach, und ich jedenfalls kann nicht immer mit Bestimmtheit sagen, ob der Geruch nach Grass frisch oder alt ist, ich verstehe nichts davon. Als wir die Mama getragen haben, habe ich es nicht gemerkt, sonst hätte ich nicht mitgemacht. Aber jetzt merkte ich es. An seinem Gesicht. Das angestrengte Schauen. Das überbetonte Normaltun. Das feine Schmatzen, das ein Schmatzen gegen den Grinsmund war. Und das Vorbeischauen, weil man ja Aug in Aug so leicht einen Lachkrampf kriegen könnte.

Er und ich hockten nebeneinander auf dem Boden. Franka saß auf dem alten Korbsofa, dessen Polster grau von Zigarettenasche waren.

»Ich habe einen komischen Sohn«, sagte er.

»Ich habe einen komischen Vater«, sagte ich.

»Ich habe einen komischen Sohn«, sagte er noch einmal. Er hatte vergessen, was er vor zwanzig Sekunden gesagt hatte.

Also ich wieder: »Und ich habe einen komischen Vater.«

Inzwischen war ihm das Normaltun zu anstrengend geworden. Er wirkte völlig geistesabwesend. Nickte und leckte sich die Lippen, schaute an keinem von uns mehr vorbei. Starrte nur noch vor sich nieder. Fixierte einen Punkt. Ließ ihn nicht los, gleich wie er den Kopf bewegte. Als wäre sein Blick ein unsichtbarer Faden, der am Boden festgeklebt war. Er saß im Schneidersitz, wenn ich im Schneidersitz saß, und wenn ich die Beine ausstreckte, streckte er sie ebenfalls aus, aber es war, als ob immer ich ihn und nicht er mich nachmachte.

Und dann legte er mir seine Hand ins Genick. Und kam immer noch nicht herunter von seinem Spruch: »Ein komischer Sohn.«

»So ist es«, sagte ich. Ich hob die Arme hoch, spreizte die Finger ab. Wollte zeigen, daß nichts, was hier geschah, von mir ausging. Ich war von uns beiden der viel ältere.

Auf einmal preßte er seine Hand zusammen und drückte mein Genick nach unten. Ich schrie auf. Faßte mit beiden Händen seinen Unterarm und versuchte, ihn wegzuzerren. Ich erreichte aber nur, daß der ganze Mann zur Seite kippte. Er stieß mich mit der Schulter um, wir fielen, und er landete auf mir. Mein Genick ließ er nicht los, und sein Griff hatte sich nicht gelockert. Er stieß einen langen Laut aus, der sich wie eine Mischung aus Stöhnen, Schnarchen und asthmatischem Schnaufen anhörte.

»Hör auf!« sagte ich. »Bitte, hör halt auf!« und sagte es mit einem Lachen, was mir schwerfiel, denn mein Genick tat sauweh, und am liebsten hätte ich meinem Vater den Ellbogen in die Seite gerammt, und wären wir allein gewesen, ich hätte es getan, aber wenn wir allein gewesen wären, hätte er mit diesem Blödsinn ja erst gar nicht angefangen.

»Du bist mein komischer Sohn«, flüsterte er.

»Klar«, sagte ich.

Seine Haare fielen mir übers Gesicht, sie rochen nach Haschisch und altem Heu, bitter und sommerlich. Durch die Strähnen hindurch sah ich Franka und meine Mutter, die nebeneinander saßen wie Zuschauer. Franka auf dem Korbsofa, die Beine in den weißen Strumpfhosen neben sich gezogen, meine Mutter aufrecht in dem grünen Ledersessel mit den vielen Messingnieten, eine Indianerdecke über ihren Beinen. Beide sahen zu uns herunter, und in beider Augen schien mir wenig Interesse zu sein.

»Das ist mein komischer Vater«, rief ich zu Franka hin, und im selben Augenblick war mir klar, daß von nun an ich als derjenige dastehen würde, der von diesem Satz nicht herunterkam. Und daß folglich ich es gewesen sein würde, der diesen idiotischen Kampf angefangen hatte.

»Okay, du hast gewonnen«, sagte ich zu ihm. »Einigen wir uns darauf, daß ich das Arschloch bin.«

Aber mein Vater dachte nicht daran, seinen Griff zu lockern, im Gegenteil. Ich lag seitlich auf meiner linken Schulter, er mit seinem Oberkörper über mir. Er drückte meinen Kopf zu Boden, und um noch mehr Druck auszuüben, preßte er nun auch noch sein Kinn auf seinen Daumen nieder, und der grub sich in die Muskeln und Bänder an der Seite meines Halses. Der Schmerz war so heftig und fuhr bis in die Brust hinunter, daß ich wieder aufschrie, und ich schrie gleich noch einmal, diesmal aber aus Zorn. Ich nahm meine ganze Kraft zusammen und riß den Kopf hoch und schrie ein drittes Mal, und zwar meinem Vater ins Ohr, aus einem Abstand von höchstens einem Zentimeter. Er ließ meinen Nacken los und richtete sich mühsam auf. Ich sah sein Gesicht. Es zeigte nichts weiter als Verblüffung. Er faßte sich ans Ohr, schaute die Hand an, faßte sich wieder ans Ohr, schaute wieder seine Hand an. Als ob es möglich wäre, ein Ohr blutig zu schreien. Er schleckte über seine Lippen, aber er sagte nichts. Er gab keinen Laut von sich. Aus dem CD-Player, den meine Mutter aus der Küche mitgenommen hatte, spielte Musik, aber ich erkannte nicht, was es war.

Mein Fehler war, daß ich nun doch meinem Vater den Ellbogen in die Seite rammte. Es war gerecht, trotzdem war es ein Fehler. Und was hätte es für einen Sinn gehabt, mit halber Kraft zuzuhauen oder mit einem Viertel der Kraft. Ich hatte eine Vorstellung von dem Schmerz, den ich ihm zufügen wollte, und ich stieß mit aller Kraft zu.

Er gab wieder diesen langen Laut von sich, und dann sagte er leise: »Das hat weh getan.«

»Deines hat auch weh getan«, sagte ich leise zurück.

»Aber so weh getan kann es nicht haben.«

»Laßt es gut sein«, hörte ich meine Mutter sagen.

Aber wir ließen es nicht gut sein. Mein Vater saß eine Weile da, eine Hand an seinem Ohr, die andere an seiner Rippe. Es sah aus, als führe er ein indisches Ritual vor. Er verschränkte die Beine zum Schneidersitz, was ihm Umstände machte, weil er dabei seine Hände nicht zu Hilfe nehmen wollte. Dann saß er, die Unterlippe glänzte feucht, sein Oberkörper neigte sich nach vorne, und ich hörte die Musik und wußte immer noch nicht, was da spielte.

Plötzlich fuhr er mir mit den Fingern an die Haare.

»Franka«, rief er, schaute aber nicht zu ihr hinüber, »früher hat mein komischer Sohn auch lange Haare gehabt.«

»Ich habe nie lange Haare gehabt«, sagte ich und schüttelte mir seine Hände vom Kopf. Er wagte es nicht, meine Haare festzuhalten.

»Zum ersten Mal haben wir ihm die Haare geschnitten, als er in die Schule kam«, sagte er. Die Seite tat ihm weh beim Sprechen, das konnte man ihm ansehen, und man konnte es hören, quietschende Töne mischten sich in seinen Baß.

»Das ist nicht wahr«, sagte ich.

»Er ist ein Jahr zu spät in die Schule gekommen«, sagte er. »Weil wir vergessen haben, ihn anzumelden. Kannst du dir das vorstellen, Franka?«

»Das stimmt auch nicht, Franka! Das geht ja gar nicht. Da wäre man ja gekommen und hätte mich abgeholt. Es gibt ja eine Schulpflicht!«

»Er weiß alles besser, Franka. Er weiß wirklich alles besser, Franka!«

»Ich setze mich irgendwoanders hin«, sagte ich.

»Warum bleibst du nicht neben mir sitzen?« sagte er.

Er erhob sich gleichzeitig mit mir. Ich dachte, er will mich wieder festhalten, war gefaßt darauf, daß er mich in den Schwitzkasten nimmt oder etwas Ähnliches. Sein Hemd war offen. Wie immer. Auf seiner Brust war ein frischer Kratzer, sah aus wie ein feiner, roter Faden. Mir war nicht bewußt, daß ich ihn an der Brust berührt hatte.

Ich umklammerte seine Handgelenke.

»Achtung«, sagte er nur. Er setzte nichts dagegen. Seine Arme hingen schlaff in meinen Fäusten.

Ich wandte den Kopf zur Seite, ich wollte meine Mutter und Franka als Zeuginnen aufrufen. Daß ich zumindest in diesem Augenblick defensiv war. Wollte ihnen zeigen, daß ich nichts anderes tat, als seine Hände festzuhalten. Verteidigung. Prävention. Damit dieser verrückte, eingerauchte Mann mich nicht wieder am Genick packen konnte. Oder sonst etwas, dieser unberechenbare Mann. Aber Franka und auch meine Mutter schauten gar nicht zu uns herüber, sie unterhielten sich, was mir unbegreiflich war, denn es mußte doch Lärm machen, was mein Vater und ich taten.

»Achtung«, sagte er noch einmal. Dann riß er seine Arme herunter und umklammerte nun meine knapp oberhalb der Gelenke. Er preßte Elle und Speiche zusammen.

»Hör doch auf!« rief ich. »Du machst mir etwas kaputt!«

»Soll ich ihn loslassen?« fragte er laut.

Ich schaute in seine Augen. Sein Blick war nüchtern. Er wich mir nicht aus. Gefaßt und leise sagte er zu mir:

»He, was ist denn los mit dir, Wise?« Und wandte sich noch einmal an die Frauen: »Soll ich ihn loslassen?«

»Erst wenn er sich beruhigt hat«, sagte Franka.

Das war das Wort, das den Streit zwischen mir und ihr auslöste.

»Du hast gesagt, er soll mich erst loslassen, wenn ich mich beruhigt habe«, hielt ich ihr vor, als wir eine Stunde später in meinem ehemaligen Bubenzimmer waren.

Sie trug den dunkelgrünen Schlafanzug, der unter dem Kopfkissen gelegen hatte, ungewaschen, und zwar schon seit Jahren, und stand nun am Bettende, mit einem kleinen Hüftknick, wie sie immer dastand, wenn sie stehend diskutierte.

»Was willst du eigentlich von mir, Wise?« fragte sie.

»Nichts«, sagte ich.

Der wenig beeindruckende Klang meines Namens deprimierte mich noch mehr. Wenn ich mich bewegte, knarrte mein Ledergürtel, ich mußte den Kopf vorbeugen und einen krummen Rücken machen, weil ich unter der Dachschräge stand und sie mir keinen Weg frei ließ, und ich dachte: Ein so kurzlebiges Wesen wie der Mensch sollte sich nur so viel Mißtrauen leisten dürfen, wie es zum Überleben unbedingt nötig hat. Sie umarmte mich und ließ mich nicht los, und ich umarmte sie auch, und sie ließ mich erst los, als ich ihr das Schlafanzugoberteil über den Kopf zog. Sie hatte ganz kleine Brüste, fast gar keine, und deckte sie nun mit den Händen ab, legte die Finger v-förmig um die Brustwarzen und sagte: »Ich verjage dich noch.«

Und ich fragte, was sie damit meine.

Daß sie es schon noch schaffe, daß ich von ihr weggehe, das meinte sie. In der Lampe über dem Bett lagen unzählige tote Fliegen und Mücken, deren Schatten das Milchglas sprenkelten. Frankas Gesicht hatte in dem halben Licht Züge einer lässigen Verderbtheit, wie man sie manchmal bei Schauspielerinnen in alten deutschen Filmen sehen kann, die Kerben neben ihrem Mund waren schärfer gezeichnet, und die Oberlippe warf einen verwischten Schatten, und sie sah ihrer Mutter ähnlicher als sonst.

Nein, sagte ich, das schaffe sie nicht.

Darum nicht, weil ich ein anständiger Mensch sei, der gar nicht anders könne, als bei einer traurigen, hageren, geschiedenen Frau mit zwei Kindern zu bleiben, die ihn irgendwann zu sich nach Hause mitgenommen hat und um vier Uhr morgens in Tränen ausgebrochen ist?

»Nein«, sagte ich, »das ist nicht der Grund.«

Sie sah mir unnachgiebig in die Augen.

»Ich kann so nicht stehen«, sagte ich, »ich kriege einen Krampf im Rücken.«

Wir legten uns aufs Bett. Ich schlüpfte aus meinen Jeans und meinem T-Shirt, die Gürtelschnalle schepperte auf den Fichtendielen. Wir zogen die Steppdecke über uns und hatten nun unsere Gesichter vor unseren Augen, da klopfte mein Vater an die Tür und kam herein, ohne daß Franka oder ich etwas gesagt hätten.

Ob Franka mit ihm etwas Gutes rauchen wolle, zum Bessereinschlafen quasi.

Er hockte sich auf meine Seite und reichte Franka über mich hinweg einen seiner herrlich gewickelten Joints. Ob der in Ordnung sei. Franka kicherte. Schon bevor sie auch nur einen einzigen Zug genommen hatte, kicherte sie.

»Er will nicht«, sagte mein Vater. Meinte mich. Schaute mich aber nicht an.

Er ließ Franka zweimal ziehen, dann ging er. Er hielt den Oberkörper etwas schief.

Als wir allein waren, sagte ich, und ich schwöre, ich meinte es reuig und versöhnlich: »Ich auf jeden Fall finde ihn komisch.«

»Und mich?« fragte Franka.

»Auch«, rutschte es mir heraus.

Da war sie beleidigt, und wir ließen uns unter der Decke los, und der Abend war fertig mit uns.

Ein halbes Jahr später saßen Franka und ich in ihrer Wohnung am Rand von Gießen, im achten Stock des Hochhauses am Trieb 3. Wir saßen auf dem Schaumgummisofa in ihrem Wohnzimmer, das auch ihr Arbeitszimmer war und ihr Fernsehzimmer und ihr Eßzimmer, wenn Besuch kam, und wo an der Wand neben dem Fernseher meine paar Bücher gestapelt lagen, von denen ich nicht eines mitgenommen hätte, wenn ich ausgezogen wäre. Simon und Merle waren längst in ihren Betten.

»Sagst du ihm, daß es mir leid tut?« sagte Franka.

»Ich glaube nicht, daß es so schlimm ist«, sagte ich.

»Ein Streifer ist etwas Schlimmes«, sagte sie. Ihr Gesicht war ruhig, leergefegt von aller Empfindung. So sah es aus. Für mich. »Wenn er das gehabt hat, was man unter einem Streifer versteht, dann ist es schlimm.«

»Es war ja wahrscheinlich nur ein ganz leichter Streifer«, sagte ich.

Die Haut an ihren Schläfen war karamelfarben und vernarbt von Windpocken, an denen sie als Kind sehr heftig erkrankt war. Da war ein kreisrunder Fleck, etwas heller als die Haut darum herum, ein zigarettenfiltergroßer Mondkrater, in dessen Auge ein glatter, porenloser See lag, und dann waren da noch eine gondelförmige Narbe, die in den Haaransatz hineinreichte, und mehrere kleine Vertiefungen, die aussahen, als hätte man sie mit einem Streichholz sanft in die Haut gedrückt. Man mußte nahe herangehen und genau hinschauen, um die Narben zu sehen, und ich durfte mir einbilden, sie seien nur für mich da. Und auch ihre Haare mochte ich, die waren wie ein goldener Helm und formten ihr einen schönen Hinterkopf.

Sie sagte: »Einen ganz leichten Streifer gibt es nicht.«

»Ich glaube schon«, sagte ich.

»Nein«, sagte sie.

»Das kann schon manchmal vorkommen«, sagte ich.

»Nein«, sagte sie.

»Doch, doch«, sagte ich.

Genauso wie jeder andere Erdenbürger weiß ich, daß grundsätzlich jeder Abgrund in dieser Welt möglich ist und daß sich keine Wüste zu rechtfertigen braucht und daß kein Unfall, der geschieht, der Logik widerspricht. Aber ich muß mir einbilden dürfen, daß alles ebensogut grad noch die Kurve erwischen könnte und wir wenigstens die Möglichkeit haben, davonzukommen. Franka drehte ihr Weinglas auf ihrem Knie und rieb die Unterlippe an der Oberlippe, und ich wußte, sie war ebensowenig wie ich erpicht auf das Unglück, sie betrieb ihren Pessimismus ohne Leidenschaft. Aber blickte dabei ins Leere. Und sie appellierte nicht an den Himmel, heiter zu bleiben. Oder wieder heiter zu werden. Ich dagegen traute mich nicht einmal, laut auszusprechen, daß mein Vater in Lebensgefahr gewesen war und vielleicht immer noch in Lebensgefahr war.

»Wann fährst du?« fragte sie.

»Ich weiß noch nicht«, antwortete ich.

Sie rauchte Camel, hatte die Angewohnheit, die Zigarette mit den Lippen aus der Packung zu ziehen, und blies den Rauch seitlich aus dem Mundwinkel. Hielt die Zigarette fast senkrecht, so daß sie bei jedem Zug mit dem Gesicht von unten an den Filter herantauchen mußte, nicht wie ich eine Zigarette gehalten hätte, nämlich parallel zur Erdoberfläche. Aber ich war ja Nichtraucher und bin es bis heute.

Franka brachte mein Bettzeug aus dem Schlafzimmer, und ich legte mich auf das Schaumgummisofa. Meine Füße hingen über den Rand, aber das störte mich nicht. Im Gegenteil. Weil ich nur auf dem Bauch einschlafen kann, war das angenehm, so konnte ich die Fußgelenke bequem abgeknickt lassen. Seit Franka mit dem Lehrer etwas hatte, was ihr, wie sie sagte, nicht viel bedeutete und sicher bald vorbei sein würde, schlief ich nicht mehr bei ihr. Ich wollte das. Aber wir schliefen doch miteinander. Nur nicht in der Nacht in ihrem Schlafzimmer. Meistens am Nachmittag, bevor sie oder ich die Kinder aus dem Kindergarten abholten. Oder am Abend vor dem Fernseher auf dem Schaumgummisofa. Ich habe das immer gern gehabt, wenn ich nackt auf dem Rand des Sofas saß und sich Franka auf mich setzte und ich über ihre Schultern in den Fernseher schaute. Wenn amerikanische Landschaften gezeigt wurden, die am Autofenster vorüberzogen, das hatte ich besonders gern, riesige Strommasten und tiefhängende Drähte mit roten Ballons, um die Flugzeuge zu warnen, oder endlose, an den Rändern ins Feld ausfransende Straßen, die in der Ferne verflimmerten, oder Farmen, wo kein Mensch zu sehen war, Landschaften, wo die Köpfe höher waren als die Horizonte. Fernsehen hat mich nie und in keinster Weise abgelenkt. Und Franka hat es auch nicht gestört. Nur den Ton haben wir abgedreht.

Am nächsten Tag wachte ich auf, da war es dunkel. Franka schlief noch, und die Kinder schliefen auch. Ich setzte mich in die Küche. Schaltete das Licht nicht ein. Schaute auf das Fenster, bis es sich aus der Dunkelheit abzuheben begann.

Manchmal scharrten Eichkätzchen am Fensterbrett. Ich habe ihnen oft zugesehen, dann saß ich genauso bewegungslos an Frankas Küchentisch. Ich habe sie auch gefüttert. Franka hat mir nicht geglaubt, daß so etwas im achten Stock geschehen kann, daß Eichkätzchen auf dem Fensterbrett hocken. Ihr sei jedenfalls noch nie so etwas passiert, und sie wohne immerhin drei Jahre länger hier als ich. Weil sie eben keine Geduld habe, sagte ich, und nicht eine Stunde ruhig sitzen könne. Daß es daran liege, sagte ich. Aber dann haben wir gemeinsam eines gesehen. Einen mageren Kerl, schwarz und viel kleiner, als Franka erwartet hatte. Er hockte auf dem Fensterbrett und hielt den Brotbrocken, den ich ausgelegt hatte, in seinen winzigen Klauen, und er blickte uns aus seinen Knopfaugen ungeniert an und kaute dabei in einem rasenden Tempo, und Franka fragte, was geschehe, wenn sie sich bewege, und ich sagte, dann werde das Tier verschwinden, und da hob Franka ihre Arme, als ob sie einen Fernlaster aufhalten wollte, und das Tier verschwand.

Während Merle und Simon von Franka in den Kindergarten gebracht wurden, fuhr ich davon. Die beiden waren daran gewöhnt, daß ich unverhofft verreiste und irgendwann unverhofft zurückkam, obgleich man sich daran wohl nur schlecht gewöhnen kann.

Ich besaß einen sehr gelben Toyota Corolla, der ab und zu Schwierigkeiten machte, aber keine komplizierten. Ich fuhr über Frankfurt, Stuttgart, Ulm. Ich überholte eine Militärkolonne und winkte den Soldaten zu. Sie hatten sich schwarze und grüne Tarnpaste ins Gesicht geschmiert und grüßten nicht zurück, weil sie das wahrscheinlich nicht durften.

Vor Ulm tankte ich und trank einen Kaffee und aß ein Stück Apfelkuchen und machte mir Gedanken, wie es sein würde, zu Hause bei meinen Eltern anzukommen. Die Autobahnraststätte war schwach besucht, das Restaurant ein langgezogener Raum mit einer niedrigen Decke und einer Fensterfront nach vorne auf den Parkplatz hinaus. Im Hintergrund war eine lange Bar, an der ein alter Mann und eine alte Frau saßen, das heißt der Mann stand, er hatte nur einen Schenkel auf den Barhocker gelegt. Ich schätzte die beiden an die Siebzig und nahm an, daß sie verheiratet waren. Warum sonst stehen zwei alte Leute so nahe beieinander, außer sie sind vielleicht Geschwister. Die Frau hatte die Ellbogen auf die Theke gestützt, und es sah aus, als ahme sie juxhalber eine junge Frau nach, die ihrerseits eine Frau aus einem Film nachahmt. Als die beiden bemerkten, daß ich sie ansah, hoben sie gleichzeitig ihre Kaffeetassen und prosteten mir zu. Ich prostete mit meinem leeren Mineralwasserglas zurück.

Ich hätte meine Schwester aus einer der Telephonzellen anrufen können, die draußen, wo es zu den Toiletten ging, an der Wand entlang standen. Vermutlich hätte ich sie noch in ihrer Wohnung in Wien erreicht. Ich nahm an, sie würde erst gegen Mittag oder wahrscheinlich überhaupt erst mit dem letzten Zug am frühen Abend von Wien abfahren. Ich hätte vielleicht wieder den Preßlufthammer im Hintergrund gehört. Aber als ich in dem großen leeren Raum allein an dem Tisch saß, vor mir ein leeres Glas und eine Tasse Kaffee, auf deren Unterteller eine Zuckertüte und ein Portionsbecher Kondensmilch lagen, da sickerte eine Trägheit in mich ein, die es mir schwermachte, die Tasse an meine Lippen zu heben. Wenn ich die Augen zukniff, so daß ich die Gegenstände nicht mehr erkennen, sondern nur noch Farben und Formen sehen konnte, und dann hinaus auf den Parkplatz schaute, war mein Toyota der auffallendste Fleck im ganzen Bild. Ausgerechnet auf ihn fiel ein Sonnenstrahl. Während der Fahrt hierher hatte es leicht geregnet, jetzt rissen die Wolken auf. Was sollte ich tun? Ich war müde, legte mein Kinn auf die Fäuste. Aber warum soll man überhaupt etwas sollen, dachte ich, warum überhaupt sollen. Ich wäre gern irgendwo geblieben, hätte gern zu mir gesagt, ich bleibe. Frankas Küche war ein Ort, wo ich gern geblieben wäre. Was soll man tun, um einer zu sein, der bleibt, wo er gerade ist, egal, wo er ist? Meine schöne Zeit in Frankas Küche schien mir auf einmal verloren.

Der Geruch der Küche war in meiner Erinnerung, und es waren ihm Zerstörungskraft und Heil zugleich beigemischt, denn alles, was für mich gut war, so kam mir in den Sinn, war an diesem Ort entstanden und alles, was schlecht für mich war, auch. Einen Augenblick überlegte ich, ob ich umkehren und nach Gießen zurückfahren sollte, weil ich Franka vermißte. Oder irgendwoanders hin, nach Frankreich vielleicht, wo ich noch nie war.

Ich ging zur Bar, um meinen Kaffee, mein Mineralwasser und den Apfelkuchen zu bezahlen. Von der Nähe sah ich, daß der Mann wesentlich jünger war als die Frau, daß die beiden bestimmt nicht verheiratet und bestimmt auch nicht Geschwister, daß sie höchstens Sohn und Mutter waren. Aber so, wie sie nun nebeneinander saßen und vor sich hin blickten, hätte es ebensogut sein können, daß sie gar nichts miteinander zu tun hatten, daß es lediglich eine Folge der Anziehungskraft von Materie war, daß sie hier nebeneinander saßen.

Die Frau, die mich bedient hatte, kam mit einem freundlichen Lächeln auf mich zu, und einen Augenblick dachte ich, sie kennt mich von irgendwoher. Ich konnte hören, wie ihre Strümpfe aneinander rieben. Gestern bei Hanne Rotmann im Hausflur hatte ich mir eine Frage gestellt, die wahrscheinlich zur Kategorie der letzten Fragen gehörte, die ja bekanntlich sehr ernst und erhaben sind, solange man sie nicht ausspricht. Unter gar keinen Umständen aber dürfen sie auf beweisbare Antworten hoffen.

Kurz nach Mittag passierte ich bei Bregenz die österreichische Grenze.

Drittes Kapitel

Der alte Fink war zu Hause. Er saß im offenen Hemd und in Trainingshose in dem nietenbeschlagenen Ledersessel, hatte ein Tischchen vor sich und ein Tischchen neben sich, auf dem einen ein Buch und einen Teller Suppe, auf dem anderen Tee und ein Puzzle. Er war nur eine Nacht im Krankenhaus gewesen, dann war er auf eigene Verantwortung nach Hause gegangen. Er erklärte mir, was ein Streifer ist, und schilderte mir, wie man sich dabei fühlt.

»Es ist, wie wenn du einem Bus nachläufst und ihn fast erwischst und ihn dann doch nicht erwischst«, sagte er.

»Kommt das von dir?« fragte ich.

»Nein«, sagte er. »Der Arzt hat mich gefragt, ob es so gewesen ist, und ich sagte ihm, es war genau so.«

Er zeigte mir seine weißen Zähne, die er unbeschadet durch sein Leben getragen hatte. Alles, was der Mann unter Körperpflege verstand, meinte im Grunde lediglich die Zähne. Er war Anfang Fünfzig oder Mitte Fünfzig. Er war so schlank wie immer, aber die Haut auf seiner Brust war grobporig geworden und schlaff. Er saß weit zurückgelehnt, mußte die Arme ganz ausstrecken, wenn er zum Tee oder zur Suppe greifen oder ein Puzzleplättchen aus dem Schachteldeckel nehmen wollte. Er sprach mit Vorliebe zu einem Mundwinkel heraus. Ich habe mir das eine Zeitlang von ihm ausgeborgt, weil ich irgendwann merkte, daß die Leute das mögen, ich weiß nicht warum, ich glaube, es wirkt freundlich und vertraulich, so als ob man nur einen einzigen im Sinn hat und alle anderen nicht.

»Das Interessante ist«, sagte er, während er seinen Tee schlürfte, »daß alles genau so abläuft, wie man es immer gehört hat.«

Ich zog mir einen Stuhl vom Eßtisch heran. Die Farbe war abgeblättert. Seit immer sahen diese Stühle so aus, und keiner war wie der andere. Zur Zeit meiner Geburt hatte er sie bei verschiedenen Trödlern zusammengekauft und in einem Anfall von Energie in verschiedenen Farben gestrichen, vielleicht sogar zu meiner Begrüßung.

»Wie denn?« fragte ich.

»Im linken«, sagte er, nahm noch einen Schluck Tee und noch einen und schmatzte nach und sagte dann: »Arm.«

»Was im linken Arm?«

»Nicht im Herzen.«

»Was nicht im Herzen.«

»Tut es weh.«

Er schüttelte den Kopf, hob einen Löffel Suppe an den Mund, probierte, blies darauf, wobei die Hälfte auf seine Brust tropfte und in den Bauchnabel sickerte, ließ den Rest zwischen die Lippen rinnen und schüttelte weiter den Kopf. »Im Grunde wie eine komische Art von Muskelkater.«

Zum ersten Mal blickte er mir gerade in die Augen.

»Mensch, du«, sagte ich und legte meine Hand auf

sein Haar und fühlte, wie sich sein Kopf unter meiner Hand bewegte.

Die Haare hingen ihm in merkwürdig zierlichen Locken bis über die Schultern herab. Über den Ohren waren sie grau schattiert, ansonsten glänzten sie dunkel und wuchsen so dicht wie eh und je. Es sah aus, als wären sie die gleichen geblieben, während der Kopf unter ihnen gealtert war. Im Hinterkopf stand ein verfilzter Balg ab. Er kämmte sein Haar nicht öfter als einmal in der Woche, nämlich wenn er sich rasierte, dann fluchte er und riß mit einer groben Bürste seinen Schopf zurecht, bis ihm die Tränen in die Augen schossen.

»Im Herzen sind, glaube ich, überhaupt keine Nerven«, sagte er. »Kann das sein?«

»Im Herzen schon«, sagte ich, »im Hirn nicht.«

Er schlug sich mit den Knöcheln gegen den Schädel. »Darum«, kicherte er. Die Augen waren tief eingebettet in die Höhlen, kleine und enge Augen, wirkten ein wenig verschlagen, habe ich immer gefunden, und die Haut darum herum war gefältelt, von den Augenwinkeln weit in die Schläfen hinein. Die Bartstoppeln am Kinn waren ihm weiß geworden. Er hatte wie immer weder Schuhe noch Strümpfe an, ein Fuß lag über dem Knie, ich konnte die schwarze Hornhaut auf der Sohle sehen.

»Was wird das?« fragte ich.

»Das ist eine Werbung«, sagte er. »Der Witz dabei ist, man weiß erst, wenn man das ganze Puzzle fertiggemacht hat, wofür es wirbt.«

»Und kaufst du das dann?«

Er schob schnell die Zunge über die Unterlippe und beugte sich zur Seite, als ob er gleich kotzen müßte.

»Trotzdem guter Trick. Ich kaufe nie etwas. Was man nicht im Kopf hat, ist Scheiße.«

»Und wie ist es jetzt?« fragte ich.

»Außer man hat Scheiße im Kopf. Was meinst du?«

»Mit dem Arm oder mit dem Herzen?«

»Wie nichts.« Und er warf sich mit der Antwort noch weiter im Stuhl zurück.

Er hat nie in seinem Leben gearbeitet. Mein Vater hat keinen Beruf. Er hatte nie eine Ausbildung genossen. Ende der sechziger Jahre war er vom Gymnasium abgegangen. In der siebten Klasse. Nachdem er die siebte Klasse zweimal wiederholt hatte. Die Mathematik. Genauso wie bei mir. Ich habe auch nach der siebten Klasse abgebrochen, ich habe sie nicht zweimal wiederholt. Aber aus mir kann noch etwas werden. Mir fehlte bisher vielleicht lediglich eine bedeutende Gelegenheit. Aus ihm wird nichts mehr. Wenn man sich erkundigt, sage ich, er schreibt für diverse Zeitungen. Leute, die uns kennen, fragen nicht.

Früher, als meine Schwester und ich klein waren, hat es geheißen, er holt in der Abendschule das Abitur nach. Das hat es noch geheißen, als Johanna und ich schon zur Schule gingen. Unsere Mutter sagte jedem, der es wissen wollte, er besuche die Arbeitermittelschule, die sei besonders schwer. Dann wurde eine Zeitlang nicht mehr gefragt und dann irgendwann wieder. Sie sagte, ja, es habe da einige Schwierigkeiten und Unterbrechungen gegeben, aber jetzt sei er bald fertig.

Die Schule hatte ihren Sitz in Innsbruck. An den Wochenenden fuhr unser Vater nach Innsbruck. Jedenfalls sagte er, er fahre nach Innsbruck. Meine Schwester und ich zweifelten nicht daran. Er besaß Innsbruckschuhe und einen Innsbruckanzug, einen grauen Zweireiher mit breiten, gepolsterten Schultern. Der hing die Woche über draußen im Wintergarten zum Auslüften, samt Gürtel und Krawatte. Die Schuhe standen gezielt darunter. Die Larve unseres Vaters. Übers Wochenende hing die Krawatte allein am Kleiderbügel. Ich habe meinen Vater nie mit einer Krawatte um den Hals gesehen. Wir haben das Ding Prüfungskrawatte genannt. Er selber hat das Wort erfunden. Zur Prüfung werde er sie anziehen. Er hat sie nie angezogen. Heute weiß ich, daß er gar nicht nach Innsbruck fuhr.

Immer am Freitagabend packte er seinen kleinen, gelben Lederkoffer, made in Taiwan – zwei Unterhosen, zwei Unterhemden, zwei Hemden, zwei Paar Socken, darauf legte er Bücher und Skripten und seinen Kassettenrecorder und die Kopfhörer und eine Handvoll kuliverschmierter Kassetten. Dann begleiteten ihn meine Schwester und ich, später nur noch ich, zur Bushaltestelle bei der Achbrücke. Der Bus brachte ihn nach Bregenz, dort sollte er in den Nachtzug nach Innsbruck einsteigen. Tat er aber nicht. Heute weiß ich das. Damals wußte ich es nicht.

Am Sonntagnachmittag kehrte er zurück, kam den Hügel herauf auf unser Haus zu, mitten durch das Gras ging er, dieser lange, dünne Mann, der immer den Kopf hängen ließ, wenn er ging, den Mund zu einem O zusammengezogen, den Koffer hatte er lässig über die Schulter geschwungen, das Haar fiel ihm bis auf die Brust herab. Der Anzug stand ihm nicht. Er paßte zu seinem Körper, aber nicht zu seinem Kopf. Ich wartete auf ihn, schmiß im Garten Steine nach Vögeln oder klaubte Zigarettenstummel aus den kahlen Blumentöpfen, schrieb im Wintergarten Schulübungen nach oder betrachtete meine jung sprießenden Achselhaare und klopfte an die Scheibe, wenn ich ihn kommen sah, hoffte darauf, daß er die Hand hob, was er in einer so unvergleichlich anmutigen Geste konnte, daß ich noch heute die Gänsehaut bekomme, wenn ich daran denke. Als ob die weite Welt zu Besuch kommt und so tut, als komme sie nur zu mir.

Er hatte Angst vor Hunden, und einmal, als er wieder am Sonntagnachmittag über die Wiese heraufkam, stand ein Hund in der Nähe unseres Hauses, ein verlorener Köter, den ich noch nie vorher gesehen hatte. Es war eine unbestimmbare Mischung, sah aus wie ein niedriger Schäferhund, im Nacken kraushaarig, dunkel und verdreckt. Beide waren sie überrascht, der Hund und mein Vater, beide blieben wie angewurzelt stehen und starrten einander an, der Hund eine Pfote an die Brust gehoben. Ich habe das alles beobachtet, denn ich wartete im Wintergarten und winkte meinem Vater zu, aber diesmal winkte er nicht zurück. Er wagte es nicht, sich zu bewegen, und ich spürte in mir, wie Panik in ihm hochstieg, als hätte er sein Inneres zu mir herübergebeamt. Ich sah, wie der Hund den Kopf senkte und die Vorderläufe breit machte. Mein Vater hielt den Koffer vor sich hin, er hielt ihn auf Höhe seines Geschlechts, und vorsichtig machte er einen Schritt zurück. Da fing der Hund an zu bellen, und ich bin aus dem Wintergarten gestürzt und habe gebrüllt, und der Hund hat sich herumgeworfen und ist davongerannt, und mein Vater hat nach einer kleinen Weile den Arm gehoben und mir zugewinkt, und es war alles gut, und alles war wie immer.

Er betrat das Haus durch den Keller, schlüpfte aus den Schuhen, rief unsere Namen, den Namen der Mama zuerst, dann den meinen, als letzten den meiner Schwester. Gott sei Dank hat er sich nicht bei mir bedankt. Er nahm die Wäsche aus dem Koffer und legte sie in den Schrank zurück. Er hatte seine Sachen übers Wochenende nicht gewechselt und wechselte sie auch in den nächsten Tagen nicht. Manchmal behielt er dasselbe Zeug drei Wochen lang an, behauptete meine Schwester. Er pfiff eine Melodie, es war mehr ein rhythmisches Luftaufstoßen als ein Pfeifen. Es erweckte in mir den Eindruck, hier weiß ein Mann genau, was er tut. Er warf die Bücher und die Skripten in hohem Bogen auf den Schreibtisch hinten in der fensterlosen Ecke, wo nie jemand saß, wo auf dem Stuhl seine Pullover und Hosen und Socken lagen und Nylontaschen an der Lehne hingen mit irgendwelchen uralten Einkäufen darin. Auch ein Bücherregal war dort. Bei uns las niemand. Vor den Büchern drängten sich Dinge, die mir immer wie Teile von etwas irgendwann einmal sinnvollem Ganzen erschienen waren, abgebrochene Stücke oder so, gefundene Sachen, Müll aus Blech und Holz und Porzellan und verknoteten, vergilbten, dürren Schnüren, Scherben, deren Bedeutung für meine Eltern ich nicht verstand, obwohl ich mir sicher war, daß sie ihnen etwas bedeuteten. Mein Vater ließ seinen Anzug fallen, wo er ihn auszog, und meine Schwester hängte ihn über den Bügel und hinaus in den Wintergarten und hob die Socken auf und schimpfte, er sei ein Schwein und es sei das letzte Mal, daß sie ihm den Affen mache, und wenn er noch einmal mit den Innsbruckschuhen durch das nasse Gras gehe, werde sie die Schuhe auf den Komposthaufen hauen.

Das Haus begann wieder nach seinen Zigaretten zu riechen und nach seinen Virginias. Die rauchte er abwechselnd, manchmal auch gleichzeitig. Die eine für die Lunge, die andere für die Nase, sagte er. Die Duftmarken des alten Fink.

Als wir dann alle zusammen in der Küche um den Tisch saßen und die Wurstbrote verteilt wurden, nickte er vor sich hin, als verstünde er nach diesem Wochenende endlich etwas, was er vorher nicht verstanden hatte, etwas, das er von nun an als unverrückbar anerkennen würde und das er eines Tages, wenn auch wir so weit sein würden wie er, mit uns teilen wollte. Er war gut gelaunt und wünschte sich, daß der Tag gut ausging, blies in einem langen Trichter Rauch aus seiner Kehle und klapperte mit Gabel und Messer zur Musik aus dem Radio, als hätte er sich einen großen Feierabend verdient ...

Es gab vieles, was ich als Kind über unsere Familie nicht wußte. Zum Beispiel, daß wir ein großes Haus in Bregenz besaßen. Das hatte mein Vater geerbt. Ein Jugendstilgebäude nahe am Bodensee, freundlich hellgrau verputzt, mit griechischblauen Jalousien und einem Gebirge von Dach aus lackierten blauen Ziegeln. Mein Vater war ein Einzelkind. Ich habe meine Großeltern nicht gekannt. Ich weiß nicht, warum ich sie nicht gekannt habe, vielleicht habe ich sie sogar gekannt und erinnere mich nicht mehr an sie. Als sie starben, war ich so um die Vier oder Fünf. Beide starben innerhalb eines Jahres, zwei Beerdigungen im selben Grab, ich einmal ohne Mantel und einmal mit Mantel, daran erinnere ich mich.

Ich weiß über die beiden wenig. Auch der Großvater hatte keine richtige Arbeit, das weiß ich. Er hatte den Beruf des Photographen erlernt, hatte diesen Beruf in seiner Jugend sogar ausgeübt, aber dann nicht mehr. Wahrscheinlich weil er geheiratet hat. Er hat die Tochter eines Geschäftsmannes geheiratet, der auch ein Photograph war, aber nicht nur ein Photograph, sondern auch ein Händler mit Stoffen. Meine Großmutter hatte das Haus in Bregenz geerbt. Von da an arbeitete ihr Mann nicht mehr. Die Familie lebte von den Mieteinnahmen. Zwei Geschäfte waren im Erdgeschoß untergebracht, eines davon war ein Photogeschäft. Und dann waren noch fünf Wohnungen da. Nach dem Tod meiner Großeltern kassierte mein Vater die Mieten. Er behauptete, das Haus koste fast soviel, wie es bringe. Von der Differenz zwischen Kosten und Bringen haben wir gelebt.

Unter dem Dach war eine Mansarde eingerichtet, die wurde nicht vermietet. Davon weiß ich erst seit knapp zwei Jahren. Ich war noch nie dort. Meine Schwester hat es mir erzählt, als ich bei ihr in Wien wohnte. Auch sie war nie in dem Haus gewesen. – Jedenfalls, in dieser Mansarde hat mein Vater die Wochenenden verbracht, als wir Kinder waren. Er ist nämlich an den Freitagabenden in Bregenz nicht zum Bahnhof gegangen, er ist nicht in den Nachtzug nach Innsbruck eingestiegen, sondern er hat sich in das alte Jugendstilhaus in der Inselstraße geschlichen und hat sich über Samstag und Sonntag in der Mansarde verkrochen. Keine Ahnung, was er dort gemacht hat. Gelernt hat er sicher nicht. Gelesen auch nicht. Gelebt wie immer. Gelebt wie zu Hause. Er hat gern ein Buch vor sich liegen, sogar aufgeschlagen, aber er liest nicht, höchstens einen Satz, und dann denkt er darüber nach und verliert sich dabei.

Oder nickt ein. Oder zündet sich eine Zigarette an oder dreht sich einen Joint.

Als ich mit Franka bei meinen Eltern war, fuhr ich allein nach Bregenz und ging an dem schönen Haus in der Inselstraße vorbei und schaute hinauf zu den Dachfenstern. Dort oben wäre Platz für mindestens vier Mansarden gewesen, in jeder Seite des Daches eine. Ich wünschte meinem Vater, daß er auf der Seeseite sein Quartier gehabt hatte. Dann hätte er auf den Bodensee hinausschauen können, der zu jeder Jahreszeit anders ist, an jedem Tag anders ist, fast zu jeder Stunde anders ist. Ich an seiner Stelle hätte das getan. Hätte den ganzen Tag nichts anderes getan. Hätte den See im Sommer angeschaut, wie er ruhig und glatt war und sich mit dem Land zusammentat und aufbrauste, wenn die Sonne verschwand. Hätte ihn im Winter angeschaut, wenn er aussah wie ein riesiger leerer Parkplatz. Ich hätte das getan. Und in der Nacht hätte es mir genügt, dem Summen der Leuchtschrift über dem Photogeschäft zuzuhören.

Mein Vater hat sich mit Sicherheit irgendwie beschäftigt an den Wochenenden in seiner Mansarde, mit irgend etwas Unsinnigem hat er sich beschäftigt, da wette ich, oder er hat eine Freundin gehabt, wie Johanna behauptet, was ich aber nicht glaube. Er kann nichts tun, aber er kann auch nicht nichtstun. Das ist zum Beispiel ein Unterschied zu mir. Er sitzt da und trinkt Tee und Suppe zur gleichen Zeit, tut nichts lieber, als ein Buch aufzuschlagen, das sonst keiner aufschlägt, liest aber nicht darin, setzt ein Puzzle zusammen, ohne sich dafür zu interessieren, und nicht selten hat er auch noch den Fernseher laufen. Sitzt da und bestaunt sich selber und ist Zeuge, wie die Ereignislosigkeit ihn niederzwingt.

An den Sonntagnachmittagen hat mein Vater in Bregenz den Bus genommen und ist nach Hause zurückgekehrt. In unser Haus. Das früher ebenfalls seinen Eltern gehört hatte. Das von seinem Großvater erbaut worden war. Als Wochenendhaus. Wir wohnten im Wochenendhaus meiner Urgroßeltern. Franka sagte, es falle schwer, das nicht symbolisch zu sehen. Mir ist das scheißegal, weil es nämlich auch meinem Vater scheißegal ist. Beruflich gesehen sind wir eine Versagerfamilie, das steht leider fest. Jedenfalls die Männer. Meine Schwester ist eine erfolgreiche Journalistin, die wenig verdient, weil sie aufrichtig ist und bei einem alternativen Wiener Wochenblatt schreibt. Was auf jeden Fall besser ist als für diverse Zeitungen.

»Die Erika hat sich hingelegt«, sagte er und meinte meine Mutter. »Laß sie schlafen! Hol dir Suppe oder Tee und bleib bei mir sitzen und erzähl von dir.«

»Rauchst du noch?« fragte ich.

Er bewegte seinen Kopf, als ob er sich zwischen zwei etwa gleich guten Dingen nicht entscheiden könnte. Es roch im Haus, wie es immer roch, nach Lagerfeuer und Heu, da hat Franka ganz recht. Nach frischem Zigaretten- oder Virginiarauch roch es jedenfalls nicht. Und nach Shit auch nicht.

Der Himmel hatte sich verdunkelt, inzwischen regnete es ziemlich stark, und mir war, als hätten wir schon Abend.

»Warum hat sie sich denn hingelegt?« fragte ich.

»Sie legt sich doch immer mittags hin«, sagte er. »Weil sie auf mich nicht hört.«

Alles schien mir gealtert, der Sessel noch schäbiger als sonst, die Haut an den Oberarmen meines Vaters schlaffer, die spärlichen langen rötlichen Haare auf der Außenseite der Oberarme noch spärlicher.

»Ich möchte doch zu ihr hinübergehen«, sagte ich. »Vielleicht ist sie wach und braucht etwas.«

Er hatte seinen Bleistift zwischen Nase und Oberlippe klemmen und nickte, ohne mich anzusehen. Als ich schon bei der Tür war, rief er: »He! Fahren wir eine Runde?«

»Wenn du willst«, sagte ich. Und sagte gleich noch: »Wenn du darfst?«

»Nein, gleich«, sagte er, schob die Tische beiseite und erhob sich, stöhnte dabei. Sein Körper knarrte. Ein krummer Nagel war er.

»Ich will ihr erst Servus sagen«, sagte ich.

»Sie schläft, verdammt noch mal. Laß das arme Weib doch wenigstens schlafen!«

Sie hatten kein Auto, mein Vater besaß nicht einmal den Führerschein. Meine Mutter hatte den Führerschein, aber sie konnte nicht mehr fahren. Und mein Vater tat nichts lieber als Auto fahren. Das war wieder so eine Sache, die Franka natürlich nicht kapieren konnte: Daß ich mir einen Toyota leisten konnte, und die beiden hatten keinen Wagen, wo sie doch wirklich einen brauchten, wie sonst keiner einen braucht.

»Ich gehe trotzdem zuerst zu ihr«, sagte ich.

»Und sonst«, sagte er im Ton einer geduldigen Belehrung, »sonst möchtest du nichts über meine Sache hören? Wie das Sterben ist? Ob da tatsächlich ein letzter Film gezeigt wird? Ob es einen Gott gibt? Ob ich ihn gesehen habe?« Er fuhr sich in Erwartung einer Antwort mit beiden Händen übers Gesicht.

»Will ich sicher«, sagte ich und ließ ihn stehen.

Jedes Leid ist einer symbolischen Auslegung zugänglich, so viel habe ich von Franka gelernt. Darüber hermachen über das Leid soll sich aber, wer will, meine Sache ist es nicht. Ein Symbol bedeutet etwas, ich aber weiß nicht einmal von den hundsnormalen Dingen, was sie bedeuten. Unsere Mutter hat auf einmal nicht mehr gehen können, und es ist in der Familie nicht besprochen worden, warum es auf einmal so war. Mein Leben braucht keine Symbole und keine Metaphern. Nur ein paar Informationen hätte ich gern. Wenn es meine Schwester nicht gäbe, wäre ich wie Tarzan, der im Dschungel lebt und von überhaupt nichts etwas weiß.

Sie war wach. Die Läden waren geschlossen, aber das Fenster stand einen Spaltbreit offen, es war klamm in dem Raum und düster. Sie lag auf der Zudecke, die Beine zur Seite geneigt wie bei einem eleganten Parallelschwung auf der Schipiste. Sie trug wie immer eine lange schwarze Hose. Darunter zeichneten sich ihre dünnen Oberschenkel ab. Die Krücken lagen auf dem Boden, über Kreuz, als wären sie umgefallen.

Der Stützapparat lehnte neben dem Bett an der Wand. Die weißen Schnürsenkel waren aus den Ösen gezogen, das Leder glänzte. Es war ein schönes Ding, das ich gern anschaute. Es bestand aus einem Aluminiumgestänge, zwei Ledereinfassungen, eine für die Wade, die ließ sich vorne über dem Schienbein festbinden, und eine für den Oberschenkel, die war offen und innen mit einem anderen, hellen, sehr weichen Leder gepolstert. Dann war da noch ein Fußbett, ebenfalls aus Leder, präzise ihrem Fuß angepaßt, mit einem Stahlgelenk an der Wadenschiene befestigt. Im Knie war ein Schnappgelenk, das sie feststellen konnte, wenn sie gehen wollte, und das sich entsichern ließ, wenn sie sich setzte.

Aber: Ich kann mich sehr gut, sehr gut daran erinnern, daß meine Mutter ohne Stützapparat und Krücken war. Und wie sie war.

»Guten Morgen, Erika«, sagte ich.

»Mein Liebling«, sagte sie und drückte meine Hand, so daß ihr Ehering in meinen Knöchel schnitt. Zu ihm sagte ich nur du, zu ihr sagte ich Mama und manchmal Erika. Erika hieß soviel wie: altes Haus oder Freundin oder Ich-bin-inzwischen-ein-Mann-aber-immer-noch-dein-Kind, auf jeden Fall meinte ich damit, daß man sich um mich keine Sorgen zu machen brauchte. Ich wußte, Angst jagte ihr ein, was mir Angst einjagte.

»Was hörst du für eine Musik zur Zeit?« fragte sie.

»Nichts Besonderes. Und du.«

»Eben«, sagte sie. »Ich schlafe ein, und wenn ich aufwache, habe ich diesen Song im Kopf. Das geht schon die ganze Zeit so.«

»Ja, das kenne ich auch«, sagte ich und beugte mich über sie und nahm ihren warmen Kopf zwischen meine Unterarme.

Ich wußte, wieviel Anstrengung es ihr bereitete, erst die Hose auszuziehen, dann den Stützapparat auszuziehen. Und ich wußte, daß sie sich von ihm nicht helfen ließ. Aber ich verstand nicht, warum sie dann die Hose wieder anzog, wo sie sich doch nur aufs Bett legte. Wenn sie aufstand, mußte sie wieder zuerst die Hose ausziehen, dann den Stützapparat anziehen, dann die Hose wieder anziehen ... Ich verstand nicht, warum sie das tat. Weil sie nicht wollte, daß er ihre dünnen Beine sah, wenn er zufällig ins Schlafzimmer kam? Er schlief inzwischen oben in meinem ehemaligen Bubenzimmer. Vielleicht rechnete sie damit zu sterben und wollte Vorsorge treffen, daß nicht jemand ihrem toten Körper die Hose ausziehen, den Stützapparat abschnallen und die Hose wieder anziehen mußte.

»Er muß zur Rehabilitation«, sagte sie und schob ärgerlich die Unterlippe vor. »Wer kümmert sich dann um mich?«

»Ich.«

»Kommt die Johanna nicht?«

»Die kommt auch, Mama.«

Sie stützte sich auf die Ellbogen, ihre Schultern stachen unter dem Pullover hervor. »Er hat sich hinsetzen müssen auf einmal und ist nicht auf die Beine gekommen, und dann war er für einen Augenblick ganz weg. Wie nasser Schaumgummi auf einmal. Und ich bin mitten im Zimmer gestanden und habe mich keinen Schritt machen trauen, weil ich dachte, wenn ich hinfalle, ist alles aus. Aber einfach nur dastehen konnte ich doch auch nicht, also habe ich geschrien. Wie am Spieß habe ich geschrien. Da ist er aufgewacht. Seine Augen haben mich angestarrt, und sie waren schrecklich leer und glasig, und ich habe weiter geschrien, weil ich nichts anderes wußte und dachte, es hat gewirkt, es wird auch weiter wirken. Und dann habe ich etwas in seinen Augen gesehen, das war, wie wenn von weit hinten in seinem Kopf Angstimpulse ausgeschickt würden, kannst du dir das vorstellen, wie ein Funkgerät im Kopf, Morsesignale mit einer winzigen Taschenlampe, und da wußte ich dann schon, daß er drüber war. Zuerst hat er seine Hände angeschaut, als würden sie nicht mehr zu ihm gehören, und dann sagte er, ich soll nicht so brüllen, das gehe ihm auf die Nerven. Ich habe nämlich gar nicht gemerkt, daß ich weitergebrüllt habe. Seither redet er nur noch das Notwendigste mit mir. Ich glaube, er schämt sich. Weil er meint, so viel Angst macht ihn unwürdig. Er war nämlich bisher überzeugt, er hat einen Vorsprung mir gegenüber, und nun hat er sehen müssen, wie ihm der Vorsprung zusammenschmilzt. Könntest du ihm bei Gelegenheit darlegen, daß er sich nicht zu schämen braucht? Er ist so stur. Ich glaube inzwischen auch, daß er ein bißchen dumm ist. Daß er das nicht einsieht! Ich schäme mich ja auch nicht vor ihm. Sag ihm, er hat gewonnen, ich halte es nicht aus, wenn nicht mit mir geredet wird. Ich habe bei der Johanna angerufen, sie hat versprochen, daß sie kommt. Warum ist sie nicht da?«

»Sie kommt, Mama.«

»Wann?«

»Sicher heute noch. In der Nacht. Mit dem letzten Zug.«

»Dann kriegt sie keinen Bus mehr.«

»Dann nimmt sie sich eben ein Taxi.«

»Das tut die Johanna sicher nicht.«

»Sicher, Mama.«

Viertes Kapitel

Ich habe absichtlich nichts von ihr erzählt bisher. Ich kann das nicht so daruntermischen unter das andere. Und ich möchte auch jetzt lieber ganz sachlich bleiben.

Erstens: Als ich mit siebzehn die Schule abgebrochen habe und bald darauf zu Hause ausgezogen bin, da hatte ich kein schlechtes Gewissen. Ich dachte, es interessiert keinen. Außer die Johanna. Aber die war längst schon vor mir ausgezogen. Ich dachte, die beiden Alten hängen so ineinander, daß sie sowieso keinen Sinn für mich haben.

Zweitens: Sie hatte mir nie auseinandergesetzt, warum sie nicht gehen konnte. Das habe ich wieder einmal von Johanna erfahren, und die wußte es selbst nicht so genau. Bei der Geburt des letzten Kindes sei es passiert. Da sei ihr eine Ader im Hirn geplatzt, und sie sei linksseitig gelähmt gewesen. Das Kind sei gestorben. Obendrein. Genaueres wußte auch Johanna nicht. Schließlich habe sich die Lähmung in die linke Hand und in das linke Bein zurückgezogen. Einmal habe ich ihn danach gefragt. Das gehe mich einen Scheißdreck an, hat er mir geantwortet.

Drittens: Sie war der Mittelpunkt. Sie war launisch. Aber selbst ihre Launen waren von Entschlossenheit geprägt. Wenn er schlecht gelaunt war, dann hatte man den Eindruck, er leide selbst am meisten darunter. Wenn sie schlecht gelaunt war, dann wollte sie es sein. Als ich elf Jahre alt war, haben wir alle miteinander eine Veranstaltung in Bregenz besucht, im Freien. Ich weiß nicht mehr, was für eine Veranstaltung es war, ich wußte es auch damals nicht. Vielleicht eine Demonstration gegen irgend etwas oder ein Open-Air-Konzert. Ich stand neben ihrem Rollstuhl, und auf einmal haben wir Papa und Johanna verloren. Es war schon Nacht, wir waren umgeben von einem dunklen Feld von Gestalten.

»Rufen hat keinen Sinn«, entschied sie. Sie zog die Handbremse fest und bestimmte: »Wir warten hier an dieser Stelle, bis alles vorbei ist. Wenn Papa und Johanna uns vorher finden, gut, wenn nicht, auch gut, dann finden sie uns hinterher.«

Wir warteten auf dem Platz, und irgendwann waren nur noch wir beide da. Sie sagte, es wäre ihr lieber, Johanna wäre bei ihr und ich bei ihm, der Johanna würde in einer solchen Situation hundertprozentig etwas einfallen, mir dagegen falle nie etwas ein, das beobachte sie im stillen schon seit langem, aber jetzt könne sie es nicht mehr für sich behalten, jetzt müsse sie es mir endlich einmal sagen. Sie ließ ihre Wut an mir aus, und dann sagte sie, es tue ihr leid, das sei alles nicht wahr, ich sei genau der Richtige, und daß wir uns jetzt auf den Weg machen werden. Ich fragte, wohin, und sie sagte, nach Hause.

»Das geht nicht«, sagte ich, »wir sind in Bregenz, und bis nach Hause ist es zu weit!«

»Nicht für uns zwei!« sagte sie so laut, daß es auf dem Platz widerhallte.

Sie löste die Bremse und begann, mit der gesunden

Hand am Führungsrad zu zerren. Was zur Folge hatte, daß sich der Rollstuhl im Kreis drehte. Ich solle auf der anderen Seite schieben, sagte sie.

Von Bregenz bis zu uns nach Hause waren es etwa drei Kilometer, und am Ende ging es aufwärts. Ich weiß nicht, ob sie wirklich wollte, daß wir uns mitten in der Nacht auf den Weg machten, und ob sie wirklich glaubte, es sei möglich, daß wir zwei es schaffen könnten. Ich stemmte mich gegen den Rollstuhl und schob. Ich hatte Angst, daß wir nicht mehr aus dieser Nacht herauskommen.

Papa und Johanna haben uns schließlich gefunden, Johanna weinend, er mit aufgekrempelten Hosenbeinen, die Schuhe in der Hand, grinsend. Da sind Mama und ich gerade unten beim Bahnhof gewesen, beim Café Öller, und ich hatte Hunger, weil es von der Altdeutschen Stuben her nach Pommes frites roch. Wir haben im Licht der Verkehrsampeln mit einem Mann verhandelt, der uns helfen wollte, was aber wir nicht wollten.

Und dann – dann sind wir doch zu Fuß nach Hause gegangen, alle zusammen.

»In ein Taxi bringt mich heute niemand hinein«, befahl sie und streckte den Arm aus und wies mit dem Finger nach vorne.

Ich denke, so wird sie vor ihrer Lähmung gewesen sein und dann noch eine Zeitlang, und dann ist sie anders geworden, ein bißchen anders. Die Familie ist anders geworden, und darum war der Mittelpunkt an einem anderen Ort. Vielleicht hat sie sich von da an – wie er – nicht mehr mit Wahrheiten, sondern nur noch mit Möglichkeiten befaßt.

Sie saß jetzt am Bettrand und öffnete ihre Hose an der Seite. Ich drehte mich weg.

»Hat er etwas gesagt?« fragte sie.

»Was meinst du?«

»Was du zu mir sagen sollst.«

»Hat er nicht gesagt.«

»Er haßt mich.«

»So ein Quatsch«, sagte ich. Ich spürte die kalte Panik im Nacken, wie früher, wenn sie sich stritten und sie ihm Sachen an den Kopf warf, die endgültig schienen, und ich aus keinem dieser Streite klüger in den nächsten gehen konnte und jedesmal denken mußte, das ist jetzt der letzte, der endgültige Streit, der alles kaputt macht, wenn ich zum Beispiel, was mindestens zweimal vorgekommen ist, mitten in der Nacht geweckt wurde, um zu bezeugen, daß er oder sie irgendwann einmal dies oder jenes gesagt habe, und schlaftrunken, ungewarnt und gewaltsam hineingezogen wurde in diese Leidenschaft.

»Er hat gesagt, ich soll dich umarmen«, sagte ich.

»Das hat er bestimmt nicht gesagt.«

»Er hat es gesagt, und ich habe es getan. Habe ich es getan oder nicht?«

»Das hättest du doch sowieso getan, stimmts?« sagte sie mit gespielt neckischer Lebhaftigkeit.

»Ich hätte es sowieso getan, aber er hat auch gesagt, ich soll es tun.«

»Ich scheiß drauf!« zischte sie, und es klang nun wirklich zornig, als ob es ihr herausgerutscht wäre. »Es regt ihn auf, wenn nicht alle immer gut drauf sind. Und er sieht nicht ein, daß nicht alle immer gut drauf sein können. Er ist ja auch nicht immer gut drauf. Die CD von den Doors hat er mir versteckt! Das muß man sich vorstellen! Weil mich das angeblich runterzieht. Das fasse ich nicht!«

Sie keuchte beim Sprechen, so mühevoll war es für sie, die Hose von ihren Beinen zu ziehen. Erst neigte sie sich nach links und drängte den Bund über das rechte Becken. Dann legte sie sich auf die rechte Seite, hielt mit der einen Hand das gelähmte linke Bein am Knie hoch und zerrte mit der anderen Hand die Hose bis zum Oberschenkel. Dann hob sie wieder ihre rechte Seite und zog rechts die Hose herunter. Über die Knie und über die Knöchel gings leichter. Ich mußte nicht hinschauen, ich kannte den Ablauf auswendig.

»Er sagt, Jim Morrison hat Selbstmord gemacht, und so eine Musik will er hier im Haus nicht hören. Er weiß das nämlich mit dem Selbstmord. Sonst weiß das niemand auf der ganzen Welt, aber er weiß es. Ich sage zu ihm, mir macht das nichts aus, ich kann ganz gemütlich an Selbstmord denken, ich denke immer an Selbstmord, seit ich zwanzig bin, denke ich an Selbstmord, seit ich siebzehn bin sogar. Da hört er dann einfach weg. Ihm fehlt ein Stück aus dem Kuchen. Er hat einen angeschnittenen Kuchen mitgekriegt, da hat von Anfang an ein Stück gefehlt. Einen blinden Fleck hat er. Mich tröstet der Gedanke an Selbstmord, ja, das tut er. Da hört er schon wieder weg. Wenn ich das sage, hört er weg. Es hört ihm weg, er kann gar nichts dafür. Seit neuestem verkündet er, er habe so etwas wie eine Lebensphilosophie. Aber er hat keine. Ich habe auch keine. Seine Lebensphilosophie sagt immer nur, was man besser nicht tun sollte. Und schließlich behauptet er, ich hätte die CD selber irgendwo verlegt. Nachdem er zuerst zugegeben hat, daß er sie versteckt hat oder weggeschmissen hat, was weiß ich. Ich will die CD wiederhaben!«

Ich erinnerte mich, wie die großen Streite der beiden ausgingen. Nämlich indem sie aufgewärmt wurden. Am nächsten Tag, wenn schon alles wieder gut war, spielten sie dasselbe Thema noch einmal durch, so daß die Vorwürfe und Aufrechnungen, die Kränkungen und glatten Abschneidungen noch einmal Gestalt gewannen, abgekühlt nun und verdünnt, und das alles einen weiteren Tag später noch einmal, und bei den wirklich gewaltigen Streiten eine Woche lang, bis ich mir vorkam wie in einem Irrenhaus, zumal die beiden während dieser Zeit nicht einen Gedanken an ihre Kinder übrig hatten, sich von nichts weiter als von ihrer gegenseitigen Besessenheit und ihrem Haß ernährten und nicht den geringsten Skrupel hatten, sich auf das ausgebleichte Kanapee im Wintergarten zu stürzen und einander unter die Kleider zu fahren, während ich daneben aus meinem Märklinkasten einen Kran baute und Johanna ihre Hausaufgaben machte, und natürlich auch keinen Nerv hatten sich vorzustellen, daß ein Kind und eine Jugendliche Hunger haben könnten.

Und dann sagte sie noch einmal, diesmal mit einem kleinen hüpfenden Lächeln mittendrin und am Ende versöhnt: »Ich will einfach meine CD wiederhaben.«

Die Daumen in den Gürtel geklemmt, stand ich vor dem breiten Schrank, in dem die beiden ihre Wäsche verstaut hatten. Drehte ihr den Rücken zu.

»Ich weiß gar nicht, was du hast«, sagte ich und log geradewegs weiter. »Er hat gesagt, du hättest ihm das Leben gerettet.«

»Das hat er mit hundertprozentiger Sicherheit nicht gesagt.«

»Doch hat er.«

Es muß in ihrer beider Leben eine Krimiphase gegeben haben, ich erinnerte mich zwar nicht daran, jedenfalls lagen oben auf dem Schrank Dutzende Taschenbücher gestapelt. Ich nahm eines herunter, einen James Hadley James, wischte den Staub ab und blätterte darin, ohne auch nur einen einzigen Buchstaben wahrzunehmen. Der Morgenmantel vom alten Fink war da, hing nur mit einer Schulter am Bügel. Was hatte das Stück in ihrem Schlafzimmer zu suchen? Kein Geruch nach Lagerfeuer. Er mußte seit Wochen hier hängen.

»Und er hat noch gesagt«, dichtete ich weiter, »daß du sein größtes und einziges Glück bist.«

»Jetzt hältst du aber den Mund!« rief sie. Lachte.

Sie hatte sich mir immer nackt gezeigt, ebenso wie er. Aber sie wollte nicht, wenn man ihr zusah, wie sie sich den Stützapparat anlegte. Und sie wollte genausowenig, daß man sich demonstrativ umdrehte, es sollte so sein, als ob man gerade zufällig wegschaute. Ich habe das jedesmal ganz gut hingekriegt, glaube ich.

»Arbeitest du?« fragte sie, und ihre Stimme war jetzt voll Fröhlichkeit. Sie hielt immer noch den Weltrekord im Launendrehen.

»Ich habe etwas in Aussicht«, sagte ich.

»Du solltest wieder nach Wien ziehen, Wise! Mit Wien können es die Deutschen nicht aufnehmen!«

»Habe ich mir auch schon überlegt«, sagte ich.

Sie streckte ihr krankes Bein aus, fischte sich den Stützapparat von der Wand, spannte ihn, so daß das Stahlgelenk im Knie einschnappte, und lehnte ihn parallel zum Bein an den Bettrand. Dann versuchte sie das Bein hineinzuschwingen. Was nicht immer beim ersten Mal funktionierte. Diesmal erst beim dritten Mal. Ich hörte es.

»Du könntest bei der Johanna in der Redaktion Arbeiten verrichten.«

»Wenn schon, dann will ich arbeiten«, sagte ich und legte ein bißchen Gekränktheit und Zorn und ein bißchen Entschlossenheit in die Stimme, »aber ich will ganz bestimmt nicht Arbeiten verrichten.«

»Als ich jetzt aufgewacht bin«, sagte sie ächzend, sie beugte sich vornüber und schnürte die Ledereinfassung an der Wade fest, »habe ich gedacht, jetzt stürze ich gleich ab. Er war fast tot, Wise, oder vielleicht war er sogar schon tot. Ich weiß nicht, wie ich damit fertig werden soll, und muß immer denken, daß sein Herz mit jedem Schlag gegen den Tod anschaufelt und daß er das weiß und Angst hat. Er hat schon recht, es tut mir nicht gut, wenn ich mich mittags hinlege. Das zerrt mich auf den Grund, von einem Gedanken zum nächsten. Es ist eine Frage des nächsten Augenblicks. Und da bist du zur Tür hereingekommen und hast mich gerettet. Die Rettung des Augenblicks ist die wahre Kunst der Liebe.«

Ich war in Versuchung zu sagen: Siehst du, und er hat mich geschickt. Aber ich wußte, das wäre ihr zu dick gewesen, und sie hätte nicht mehr mitgemacht.

»Wenn ich singen könnte«, sprang sie weiter, »würde ich dir den Song vorsingen. Es fällt mir einfach nicht ein, wie er heißt. Wenn ich es wüßte, könntest du mir die CD besorgen. Der Song reißt einen auf jeden Fall nicht nieder. Der zieht einen hoch. Das könnte ich gut brauchen im Augenblick. Ich würde ihn nämlich gern außen hören und nicht dauernd nur innen im Kopf. Kannst du das verstehen?«

Ich hörte, wie sie den Stützapparat im Knie entsicherte und den Schemel unter dem Bett hervorzog. Auf den Schemel stellte sie das geschiente, abgeknickte Bein, anders gelang es ihr nicht, die Hose darüberzuziehen. Ich ließ ihr Zeit.

»Beschreib mir den Song«, sagte ich endlich. Weil mir nichts anderes einfiel.

»Das geht nicht. Habe ich schon probiert. Ich kann keinen Song beschreiben. Kannst du das? Er hat sich auch nichts unter meiner Beschreibung vorstellen können. Dabei haben wir ihn oft zusammen gehört.«

Ich hörte, wie sie den Reißverschluß an ihren Schuhen zuzog. »Und du erinnerst dich nicht, bei was für einer Gelegenheit?«

»Wie gefalle ich dir?«

Ich durfte mich umdrehen.

Sie stand neben dem Bett, sehr gerade, hielt sich mit einer Hand an der Wand fest, die Füße eng beieinander, den Hals gereckt, wie um eine wunde Stelle zu schonen. Holte tief Luft. Die Einfachheit der Verzweiflung. Eine doppelstöckige Verzweiflung. Obendrein. Was ist vergangene Wirklichkeit, was ist vergangene Möglichkeit? Franka sagte, sie empfinde für ihre Eltern nicht mehr als eine nostalgische Verbundenheit.

Ich stieß die Fensterläden zurück, und eine Flut von glanzlosem, unbarmherzigen Licht erfüllte den Raum. Sie hatte immer noch ein hübsches Gesicht. Als Mädchen habe sie älter ausgesehen als alle ihre Freundinnen, erzählte sie oft. Jeden Film habe sie sich mit fünfzehn anstandslos ansehen dürfen, und im Zug habe man ihr die Kinderkarte mit dreizehn schon nicht mehr geglaubt. Das hatten ihre Augenbrauen ausgemacht, die waren fingerbreit und schwarz und überdachten die Augen und gaben dem oberen Teil des Gesichts ein sehr männliches Gepräge. Aber ihre Züge waren so fein und zart ausgebildet, die Bögen des Mundes so klar gezogen, daß sie als Frau, wie sie sagte, immer jünger ausgesehen hatte, als sie war. Ich möchte das nachdrücklich bestätigen. Obwohl in diesem Augenblick ihr Gesicht auch unter einem Lächeln mutlos und müde wirkte, besiegt, und der Teint blaß war, käsig. Sie hatte einen niedrigen Blutdruck, nach dem Aufstehen sackte ihr alle Farbe aus der Haut. Das war aber immer schon so gewesen. Franka kann bei unserer Familie nicht mitreden. Wenn sie ein Urteil über ihre Familie abgab, dann schwang darin immer die Aufforderung an mich mit, das gleiche Urteil über meine Familie abzugeben. Sie stellte überall und jederzeit klar, daß sie ihre eigenen Leute nicht besonders leiden konnte, und betonte gleichzeitig, daß es bis zu ihrer Scheidung in ihrem Leben nicht ein erwähnenswertes Unglück gegeben habe und die Scheidung auch nicht allzu schlimm gewesen sei. Das Glück der anderen Leute ist eitel und gnadenlos unfair. Meine Mutter ist dafür schön geblieben, in Wahrheit sogar schöner geworden, man kann das beurteilen, weil es schließlich Fotos gibt. Deshalb antwortete ich ihr:

»Du gefällst mir sehr gut.«

In wenigen Tagen war ihr achtundvierzigster Geburtstag.

Damals, als ich elf Jahre alt war und Papa und Johanna uns in Bregenz verloren hatten, da hatte sie dringend ihre kleine Notdurft verrichten müssen. Ich drücke mich so aus, weil sie sich so ausgedrückt hatte, und ich erinnere mich deshalb so genau, weil ich nicht wußte, was das bedeutet, und ich sie fragte.

»Daß ich dringend brunzen muß«, gab sie zur Antwort. Da waren wir bereits allein auf dem Platz.

»Was soll ich tun?« fragte ich.

»Nicht davon reden«, sagte sie.

»Du hast damit angefangen«, sagte ich und mußte auf einmal auch dringend. »Ich muß auch«, sagte ich.

»Stell dich an den Baum«, sagte sie, »du hast einen Schwanz, du kannst das.« Es standen nämlich Kastanien um den Platz herum.

»Kannst du dich nicht auch irgendwie an den Baum setzen?« sagte ich.

»Nein«, sagte sie, »das kann ich nicht.«

»Wir könnten in ein Gasthaus gehen«, sagte ich.

Aber wir haben schon zu lange darüber geredet. »Es nützt mir nichts mehr«, sagte sie.

Sie hatte in die Hose gemacht. Das Kissen auf dem Rollstuhl war durchweicht. Aber weil wir im Freien waren, roch ich nichts. Nur den Wind vom See roch ich. Es war Sommer und lau. Und es roch auch nach Straßenstaub. Die Mücken fielen über uns her. Ich trug nur ein kurzärmeliges Hemd, ich schlug nach ihnen, schlug sie tot, ihr Blut bildete Blüten auf meinen Armen. Wir warteten in der ruhigen, schweren, dichten Sommerluft. An dem Baum, an dem ich mein Wasser abschlug, lehnte ein Fahrrad mit dicken Reifen und einem breiten, geschwungenen Lenker, ich machte das Hinterrad naß und dann mit letzter Kraft den Sattel. Es waren nur noch wenige Autos unterwegs und keine Fußgänger. Vom See herauf war das immer gleiche, rhythmische Pauken eines Basses zu hören und ein wisperndes Schlagzeug dazu. Dort unten war etwas los. Die Welt war immer dort, wo ich nicht war.

Der Platz war von Laternen umstellt, aber das Laub der Kastanien dämpfte das Licht ab. Es war keine Katastrophe geschehen. Ich schlug mein Wasser ab und blickte zu meiner Mutter hinüber. Das war alles. Eine Schattenfigur war sie, kaum vom Hintergrund zu unterscheiden, der Rücken gerade, er berührte die Lehne des Rollstuhls gar nicht. Sie winkte zu mir herüber, griff sich mit beiden Händen in den Nacken und hob sich die Haare hoch. Wenn ich sie länger beobachtete, wurde ihre weiße Bluse zu einem blassen Loch in der Dunkelheit, und das war dann alles.

»Ist es sehr schlimm?« fragte ich.

»Wenn ich nicht daran denke, ist es nicht schlimm«, sagte sie.

»Aber du mußt leider die ganze Zeit daran denken, stimmts?«

»Ich muß überhaupt nicht daran denken. Ich muß nur daran denken, wenn du davon redest. Aber leider redest du die ganze Zeit davon.«

Das war der Grund, warum sie nicht mit dem Taxi nach Hause fahren wollte.

Wir wechselten uns ab. Die meiste Zeit aber schob ich den Rollstuhl. Wir zogen hinter Papa und Johanna her und hatten es lustig. Es dauerte sehr lange, bis wir zu Hause waren. Am Schluß, über den Hügel hinauf, mühten wir uns zu viert ab, sie mit der rechten Hand am Rad, wir drei schoben hinten. Es war ein Gelächter.

Ihr Selbstbewußtsein ist zerbrochen. Das kann wieder zusammenwachsen bei ihr, das ist uns allen bekannt, es bricht und wächst zusammen und bricht und wächst zusammen, und in dieser Nacht ist es zerbrochen, obwohl wir alle unter großem Gelächter früh um vier Uhr ins Bett gegangen sind. Ich kann mich übrigens an dieses letzte Gelächter vor dem Schlafengehen nicht erinnern, aber nachdem die anderen drei die ganzen Jahre über von einem großen Gelächter gesprochen haben, wird es wohl ein großes Gelächter gewesen sein.

»Geh mit mir«, sagte sie.

Sie wischte unsicher mit der kranken Hand über die Tapete und streckte mir ihre gesunde entgegen. Und sie lächelte dabei so, wie es mich glücklich machte. Weil ich glaubte, denken zu dürfen: Sie ist nicht verzweifelt, daß ich von zu Hause ausgezogen bin, vor fast zwei Jahren schon.

»Tut dir etwas weh?« fragte ich.

»Nein, mir ist nur schwindelig.«

Mit ihr gehen hieß: Ich stellte mich an ihre linke Seite, faßte sie unter, und dann marschierten wir ein paar Minuten lang im Zimmer auf und ab. Mit Stützapparat, aber ohne Krücken. Ich war dann ihre Krücke. Oder mein Vater war ihre Krücke. Er nannte es Training. Johanna hatte dieses Gehen mit unserer Mutter immer abgelehnt. Es habe keinen Zweck und tue der Mama nur weh, sagte sie. Ich wußte tatsächlich nicht, was für einen Zweck das Gehen haben sollte, außer daß es der Mama das Gefühl gab, es habe einen Zweck. Aber wenn sie zu mir sagte: »Geh mit mir!«, dann habe ich es getan, und ich habe es gern getan. Es war wie ein gemeinsames Erlebnis. Ich mochte es, wenn sie sagte: »So, jetzt noch zehn Schritte!« oder: »Bis der Song zu Ende ist.« – »Vielleicht ist es eine Art von Bezwingung«, hatte ich zu Johanna gesagt. »Wer bezwingt wen?« hatte sie dagegengefragt. – »Sie sich selbst.« – »Und warum das Ganze?« – »Eine Art Tugend.« – »Und warum?« – »So halt.« Darauf sagte sie: »Wir haben Tugenden schon lange nicht mehr nötig, folglich haben wir sie verloren.« Was mich an Johanna störte, jedenfalls wenn wir über dieses Thema sprachen, war, daß sie so tat, als könne sie den wahren Umfang des Leids besser einschätzen als die Mama selber. Überhaupt, wie sie sich illusionslos gab und zu allen möglichen Traurigkeiten in der Welt einen kompakten Spruch abzugeben wußte, das ärgerte mich. Wenn sie zum Beispiel sagte: »Die Wahrheit bemüht sich verzweifelt um Nacktheit.« Oder: »Das Gute ist das dienstbar gemachte Böse.« Oder: »Das Paradies liegt unter dem Schatten der Schwerter.« Einer ihrer Kollegen sagte einmal in ihrem Beisein zu mir: »Die Johanna hat in ihrem Computer ein Programm eingebaut, das druckt ihr jeden Morgen die originellste Formulierung des Tages aus.« Im ersten Moment habe ich das sogar geglaubt.

»Soll ich dich hinüber ins Wohnzimmer tragen?« fragte ich die Mama.

»Nein, wir gehen hier«, sagte sie.

»Und wie wollen wir gehen?«

»Wir gehen ums Bett herum und dann zurück und dann das Ganze noch einmal oder zweimal, je nachdem.«

Sie stand zu nahe an der Wand. Ich trat zu ihr hin, küßte sie aufs Haar, hob sie hoch und stellte sie näher ans Bett, so daß ich mich an ihre kranke Seite begeben konnte. Einen Augenblick stand sie frei. Sie krallte sich an meinem Hemd fest und ließ erst los, als ich meinen Arm um ihre Taille legte.

»Also, komm, gehen wir«, sagte ich.

Sie hakte sich bei mir ein und holte tief Luft, als steige sie ins Wasser und würde gleich untertauchen. Die gesunde rechte Hand legte sie an ihren rechten Oberschenkel. Das Kinn preßte sie nach unten. Sie ist ein Stück kleiner als ich, ich mußte mich beugen, damit ich sie an meiner Seite nicht nach oben zog. Ich wußte genau, was ich zu tun hatte. Ich war schließlich ihr Lieblingspartner beim Gehen.

Ich sagte: »Jetzt!«

Wir belasteten beide unser rechtes Bein und schoben das linke in einem schmalen Außenbogen steif nach vorne. Nun mußte ich ihren Körper etwas anheben, so daß sie auf dem linken Bein stehen und das gesunde rechte nachziehen konnte. Im selben Rhythmus setzte auch ich mein rechtes Bein vor. Das war ein Schritt. Und dann kam der nächste. Und dann der übernächste. Genau das meinte sie, wenn sie sagte: »Geh mit mir!«

Dieses Gehen sah aus wie eine kindliche Parodie auf den preußischen Stechschritt. Oder wie die ersten Lebendversuche von Professor Frankenstein mit seinem Monster. Beide Vergleiche stammten von der Mama, und auch wenn das wenig glaubhaft klingt, das hat sie nicht mit Verbitterung gesagt. Johanna meinte, daß ich naiv sei, wenn ich glaube, daß irgendein Mensch auf der Welt so etwas ohne Verbitterung sagen könne. Ich kenne die Mama besser, als Johanna sie kennt.

»Stopp«, sagte sie plötzlich. Sie beugte sich an ihrer Seite nieder und hielt sich am Bettende fest. »Du kannst mich loslassen.«

Wir hatten erst vier Schritte am Bett entlang gemacht.

»Tut es dir weh?«

»Nein. Mir ist nur ein bißchen schwindelig. Ich setze mich kurz hin, und du holst den Hendrix.«

Sie entzog sich meinem Arm und ließ sich auf das Bettende gleiten. Der Drehpunkt für ihren Körper war der Absatz ihres rechten Schuhs. Das linke Bein mit dem Stützapparat schwenkte sie herum. Als sie saß, rastete sie die Kniegelenkssperre aus.

»Welchen Hendrix?« fragte ich.

»Er liegt in der Küche.«

Sie wollte nicht ohne Musik gehen. Johanna vermutete, der Grund dafür sei, daß sie das Geräusch, das ihr Schuh beim Gehen machte, nicht hören wollte. Der linke Schuh schleifte bei jedem Schritt über den Boden. Aber das war nicht der Grund.

»Ich habe ihn jahrelang nicht mehr gehört«, sagte sie, »und vor ein paar Tagen habe ich mir auf einmal eingebildet, ich müßte dringend wieder einmal *All Along the Watchtower* hören und *Purple Haze* und *Hey Joe*, und da habe ich deinen Vater gebeten, er soll mir in Bregenz irgendeine Best-of-CD kaufen. Und *Voodoo Chile*. Sie muß in der Küche liegen.« Und als ob ich danach gefragt hätte, fügte sie in einem streitsüchtigen Ton hinzu: »Das war vorher.«

»Vor was?«

»Vor dem beschissenen Streifer.«

»Das weiß ich doch, Mama«, sagte ich.

»Die CD muß in der Küche liegen«, sagte sie, »und wenn nicht, dann frag deinen Vater, wo er sie versteckt hat.«

»Zieht einen der Hendrix auch hinunter?«

»Mich stellt er auf«, sagte sie. »Wenn es einen Gott gibt, dann spielt er jetzt mit Elvis und Jim Morrison in einer Band. Laß dir Zeit, ich muß verschnaufen und mich daran gewöhnen, daß du wieder bei mir bist, mein Liebling.«

Ich ging in die Küche und suchte unter dem Gerümpel, das dort herumlag, eine CD von Jimi Hendrix.

Sie wollte nie ohne Musik sein. In der Küche stand ein CD-Player, im Schlafzimmer, im Wintergarten, Dreckkrater auf den Tasten, die Lautsprechergitter verklebt. Meistens waren zwei Geräte gleichzeitig in Betrieb. Mein Vater hörte draußen im Wintergarten irgend etwas kleinbesetztes Klassisches – was meine Mutter übrigens nicht leiden konnte –, Johanna spielte Bob Marley in ihrem Zimmer oder etwas Ausgefallenes von einer isländischen Sängerin oder einer mongolischen Sängerin, und unsere Mutter spielte ihre Sachen. Im Unterschied zu den anderen hörte sie nie eine CD ganz durch, sondern immer nur eine Nummer, aber die ununterbrochen. Für die Mama ist die Repeattaste erfunden worden. Es gab Stücke, da preßte sie bei bestimmten Stellen die Finger der rechten Hand zu einer flachen Faust zusammen und spreizte sie plötzlich im Rhythmus weit auf, schloß die Augen, warf den Kopf zurück und schrie den Text heraus, um gleich darauf wieder ihrer Beschäftigung nachzugehen, so als nähme sie die Musik gar nicht wahr, bis der Song von neuem begann und bei derselben Stelle ankam. So hörten wir eine ganze Woche lang *Across the Borderline*. Oder *Words* von Neil Young. Oder *Pale Blue Eyes* von Velvet Underground. An diese drei Nummern erinnere ich mich. Sie spielte sie den ganzen Tag herauf und herunter und dann nie wieder. Die CDs lagen in der Küche herum, ohne Hüllen, zerkratzt und verdreckt, unter stumpfen Bleistiften, fettigen Tupperwaredeckeln und verdorrten Zitronen. Sie hat die Songs ausgesaugt, und am Ende ließ sich mit ihnen keine Hoffnung mehr verbinden, das ist meine Vermutung. Musik war für sie eine Verteidigungswaffe gegen den unsichtbaren schwarzen Affen, der ihr im Genick saß und sie in den Rollstuhl drückte.

Ich glaube, nur mein Vater liebte die Musik wirklich, sie diente ihm für keinen Zweck, er liebte sie unabhängig von seinen Stimmungen als das, was sie war. Meine Schwester war lediglich neugierig, neugierig und ungeduldig, sie hörte die erste halbe Minute, dann sprang sie zum nächsten Cut, und wenn sie sich mit jemandem unterhielt, schaltete sie ihren Player ab, und wenn sie las oder schrieb, steckte sie sich Oropax in die Ohren, damit sie überhaupt nichts hörte.

Ich erinnere mich, daß ich manchmal auf dem Klo saß, das sich in der Mitte unseres Hauses befindet, die Wände waren mit Bildern aus Illustrierten ausgesteckt, und obwohl ich von allen Seiten die verschiedenen Musiken hörte, fühlte ich mich abgeschirmt und aufgehoben in Stille, und fühlte mich allein, als ob die Musiken nicht aus verschiedenen Zimmern kämen, in denen sich verschiedene Menschen aufhielten, sondern vom Haus selbst, als wenn es ein musikähnliche Geräusche erzeugender Organismus wäre und ich seine Seele, auf die es achtgab. Die Familie hatte mich für eine Viertelstunde vergessen, und ich mußte mich zwischen keiner ihrer Musiken entscheiden.

Vor ihrer Krankheit war meine Mutter oft zu Rockkonzerten gefahren. Sie war auch oft allein unterwegs gewesen, wenn er nicht mitfahren wollte. Nach Zürich oder München oder Stuttgart, manchmal sogar bis Wien war sie gefahren, hatte sich in VW-Bussen mitnehmen lassen oder war per Autostopp unterwegs gewesen. Da ist er zu Hause geblieben und hat der Johanna die Windeln gewechselt. Mich gab es damals noch nicht. Bei den Rolling Stones in Wien waren sie gemeinsam, da gab es mich dann schon, ich war noch kein Jahr alt. Irgend jemand, eine Freundin oder sonst eine verläßliche Bekannte oder eine bezahlte Person, was weiß ich, hat auf Johanna und mich aufgepaßt, wohl eher eine bezahlte Person, denn Freunde hatten meine Eltern keine, soviel ich weiß, und verläßliche Bekannte auch nicht, solche hätten sich später doch sicher einmal bei uns gemeldet, haben sich aber nie welche. Lange haben die beiden von diesem Konzert in Wien erzählt. Sie hatten es damals auch sonst schön gehabt, denke ich mir, sie waren verrückt, er nach ihr, sie nach ihm.

Aber auch, als sie dann im Rollstuhl saß und am Stützapparat ging, sind sie manchmal weggefahren, vielleicht zu Konzerten, vielleicht um sich irgend etwas anzusehen. Länger als eineinhalb Tage ließen sie uns nicht allein. An ein Konzert erinnere ich mich, nämlich als Bob Dylan 1991 in Innsbruck spielte. Sie nahmen mich mit, weil ich so bettelte. Ich war zwölf, Johanna war schon aus dem Haus, ich fürchtete mich, allein zu Hause zu bleiben. Wir standen direkt vor der Bühne. Rollstuhlfahrer mit Anhang läßt man überall nach vorne, jedenfalls bei Rockkonzerten. Ich habe den berühmten Musiker die ganze Zeit angeschaut, einmal hat er mich angeschaut. Da habe ich mit den Augen gezwinkert, aber er hat nicht zurückgezwinkert, sein Gesicht war zerknittert, und er schnitt Grimassen, und kein Mensch wußte zu welchem Zweck.

Meine Mutter hat den ganzen Abend keinen Schluck zu sich genommen und schon am Nachmittag nicht. Aber dann haben sie während des Konzerts einen Joint geraucht, und davon bekommt man Durst, und sie hat dann doch aus einer Flasche Mineralwasser getrunken, und darum ist es auf der Heimfahrt im Zug wieder passiert. Sie merkte es erst, als sie bereits naß war. Es sei so, sagte sie später, daß sie noch meine, sie halte das Wasser zurück, und schließlich sogar meine, sie müsse überhaupt nicht mehr, und da spüre sie, daß sie bereits naß sei. Der Zug war mit jungen Leuten überfüllt, in den Fensterscheiben spiegelten sich ihre gleichgültigen Gesichter. Die Mama hatte damals noch keine Übung mit sich selber. Aber damals hat sie sich geschworen, sie werde nie wieder das Haus verlassen. Und das hat sie im großen und ganzen gehalten.

»Was geht denn da drinnen vor?« hörte ich seine Stimme rollen, und dann erst betrat er das Schlafzimmer. »Falls hier der Wohlfahrtsausschuß zusammengetreten ist, um das Schicksal des alten Finken mit dem komisch gestreiften Muskelkater im Herzen irgendwie …«

Er verlor den Faden, baute statt mit Worten mit einer Geste weiter, die man als »komm heraus!« deuten konnte, was freilich keinen Sinn ergeben hätte. Ich ließ die Mama einen Augenblick frei stehen und schaltete den Player aus.

Mein Vater hat eine Stimme, mit der er viel Geld hätte verdienen können. Ich zitiere ihn. Als Synchronstimme für amerikanische Serienmörder. Ich zitiere ihn weiter. Oder für einen alten, abgehalfterten Experten in einem Katastrophenfilm, Charles Bronson, wenn möglich, der nach inneren Kämpfen schließlich seinen Stolz überwindet und eine 1A-Mannschaft zusammenstellt, damit es dem Helden, Bruce Willis, wenn möglich, am Ende gelingt, doch noch die Erde zu retten … – Er hatte eine Raucherstimme mit einem breiigen Husten dazwischen, das war alles.

Dann sagte er: »Menschen sind wir alle.« Und das meinte er ernst. Er hängte ein »Oder« an, mit Fragezeichen und einem weisen Grinsen. Ich glaube, als er sein erstes graues Haar entdeckte, hat er eine Imagekorrektur an sich vorgenommen – vom Hippie zum Guru oder so ähnlich.

Er machte drei von seinen langen Schritten an mir vorbei, ohne mich anzusehen, stellte sich neben seine Frau, drückte ihr einen Kuß auf die Schläfe, und dann stand er einfach neben ihr. Als hätte ich meine Eltern gebeten, für ein Photo zu posieren. In den Achseln seines Hemds hingen große feuchte Ovale. Er hatte sich rasiert und die Haare zu einem Roßschwanz zusammengebunden. Seifengeruch lag über dem Lagerfeuer. Sie blickte ihn mit einem feinen Lächeln von der Seite an und drehte ihm mit dem Finger Rasierschaum aus dem Ohr, drückte ihm sanft den Gummistoppel ihrer Krücke auf die hornhäutigen Zehen. Das Weiß seiner Augen war rot durchnetzt. Er atmete zufrieden. Preßte seine Frau an sich. Das geschiente Bein hob sich vom Boden ab.

»Also, rück endlich den Zündschlüssel raus!« sagte er. »Ich fahre uns alle miteinander in die Hölle.«

Ihr Echo kam unverzüglich: »Dann warten wir noch, bis auch die Johanna da ist.« Nur zu ihm sagte sie das.

Daraufhin wurde lange nichts geredet im Haus, bis in die Nacht hinein. Bis Johanna kam. Mit diesem Spruch war der Tag gelaufen. Am nächsten Morgen war ein reiner Himmel, in dem die Sonne stand, strahlend und ohne Wärme.

Das fällt mir erst jetzt ein: Vielleicht wäre das wirklich etwas für ihn gewesen, eine echte Arbeit – Filme synchronisieren.

Fünftes Kapitel

Es war ja alles schon ausgemacht und organisiert, ich wußte es nur nicht. Als ein Glücksfall konnte es bezeichnet werden, daß unser Vater so rasch einen Platz in einer Rehabilitationsklinik bekommen hat, irgendwo in Oberösterreich.

Eine Woche blieb ich zu Hause. Johanna nur zwei Tage. Gerade einmal waren wir beide für uns und konnten reden. Aber da fiel uns nicht sehr viel ein, das sage ich gleich. Sie war in dem knappen Jahr, in dem ich sie nicht gesehen hatte, so hübsch geworden, daß sie mir in den ersten Stunden sogar ein wenig fremd war. Johanna hat immer gut ausgesehen, nur hatte sie ums Kinn herum einen harten Zug gehabt, besonders dann, wenn sie sich im Recht fühlte. Meistens war sie im Recht. Als Kind, erzählten unsere Eltern, sei sie ein so anmutiger Anblick gewesen, daß alle, die sie sahen, melancholisch geworden seien.

Jetzt sah sie aus, als wäre sie verliebt. Aber sie sagte, sie sei es nicht, sie wüßte auch keinen Grund dafür, ich solle nicht so ein Theater machen, sie sähe aus wie immer, Verlieben würde ihr gerade noch fehlen. Sie machte sich über die Männer lustig, am meisten über jene, mit denen sie gerade ging. Ich weiß nicht, was für eine Selbsteinschätzung Johanna hatte. Als halte sie nicht viel von sich selbst. So einen Eindruck machte sie auf mich: Wer sich mit mir einläßt, der muß es wohl nötig haben.

Sie teilte die Männer in zwei Kategorien ein, nämlich in Teddybären und Faschisten. Wenn sie von den ersteren sprach, zog sie die Unterlippe zu einer kleinen Pfanne herunter, als würde sie gleich weinen, und schlug mit den Fäusten vor ihrer Brust Kreise in die Luft, wie es Kinder tun, wenn sie es eilig haben. Über die zweite Kategorie redete sie, als bestünde sie aus chemisch reiner Niedertracht, was sie zu jeder Gemeinheit ihnen gegenüber berechtigte. Diese Kategorie umfaßte für sie selbstverständlich die überwiegende Mehrheit der Männer.

Vor einem halben Jahr hatte sie für ihre Zeitung ein Interview gemacht, das in Wien Aufruhr ausgelöst hatte. Ich habe das Interview nicht gelesen, weil ich damals schon in Deutschland war. Ich habe Johanna gebeten, mir eine Kopie zu schicken. Aber das hat sie dann vergessen, glaube ich. In diesem Interview, so erzählte sie, sei es ihr gelungen, aus einem Wirtschaftsmann, der im Begriff war, als Quereinsteiger in die Politik einzutreten, alle miesen Vorurteile, vor allem gegenüber Frauen, Homosexuellen und nichteuropäischen Muslimen, herauszukitzeln, bis der Mann am Ende blank dagestanden sei und ihm nichts anderes übriggeblieben war, als alles wegzulügen und das Blatt zu verklagen.

Sie erzählte, sie habe sich für den Interviewtermin aufgedonnert wie Cher in den *Hexen von Eastwick*. Bereits nach den ersten zwanzig Sekunden habe sie den Kerl durchschaut und sich schamlos auf seine Seite gehauen und ihm ständig recht gegeben. Eine kompliziertere Strategie sei bei dem nicht nötig gewesen. »So viel Eitelkeit macht strohdumm.«

Sie habe mit dem kleinen Finger die Themen gelenkt, immer darauf bedacht, das Private anzusteuern, und hatte dann bei Gelegenheit eingeflochten, alle Frauen seien im Grunde ihres Herzens Schlampen, dafür lege sie ihre Hand ins Feuer. Und der Herr habe ausgerufen: »Was!« Und sie habe ungerührt noch eines draufgesetzt: Fast jede Frau mache alle paar Monate absichtlich einen Blödsinn, nur damit sie eine aufgelegt kriege. Und er: »Wie!« Und sie: Ja, das sei ein Mysterium.

Zuerst habe er noch heftig widersprochen, dann habe er nur noch wie gegen besseres Wissen widersprochen, schließlich habe er den Kopf geschüttelt, als gäbe es in der Welt nun einmal Dinge, die man nicht erklären könne, Mysterien eben, die man lieber ruhen lassen soll, Natur halt. Und endlich sei er dazu übergegangen, Stück für Stück die Sau rauszulassen. Sein süßes rosa Kaugummigesicht habe die Kantigkeit eines SA-Schlägertyps bekommen, und exakt von diesem Augenblick an habe sie das Gespräch auf Tonband mitgeschnitten.

Sie schrieb alles wortwörtlich ab – »die leichteste Arbeit meiner ganzen Laufbahn« – mit in Klammern gesetzten Hinweisen auf Lacher und Grinser und Kicherer und auch auf die saftig furzenden Geräusche, die er mit seinem Mund machte, wenn er seine Aussagen gebührend unterstreichen wollte.

Johanna sagte, vorübergehend sei sie in Wien ein Star gewesen, und ich war stolz auf sie, als sie es mir am

Telephon erzählte. Jedoch sagte ich ihr auch, sie muß aufpassen, am Ende mag sie niemand. Und ich dachte, daß mit der Zeit ihr Gesicht garstig wird, auch wenn es für die gute Sache ist.

Aber ihr Gesicht ist im Gegenteil weich und lieb geworden. Niemand weiß, warum Gesichter einmal so und dann wieder ganz anders aussehen, als ob sie sich keinen Deut um die Gedanken scheren, die sich hinter ihnen aufbauen und spalten, verlieren oder verfestigen. Vielleicht lag es daran, weil sie sich die Haare hatte kraus machen lassen. Ursprünglich hat sie das gleiche Schnittlauch wie ich und die Mama. Jetzt standen sie ihr wie eine dunkle, rotbraune Sonne um den Kopf. Unserer Mutter gefiel das. Es sehe unternehmungslustig und freundlich aus, sagte sie, und Johanna fragte dagegen, ob sie denn vorher fad und unfreundlich ausgesehen habe. Das ist typisch für sie. Steht da, funkelt einen an, vergräbt ihre Hände in den Achselhöhlen. Kratzbürstig. »Aber nein«, sagte die Mama nur.

Der Alte äußerte sich gar nicht zu der Frisur. Alles andere hätte mich auch gewundert. Der Hundling interessierte sich für keinen anderen Menschen. Er interessierte sich kaum für sich selber. Er hatte sich auch nicht für Johannas journalistischen Erfolg interessiert. Die Welt prallte von ihm ab, zerschellte an ihm, blieb zuweilen in kleinen Splittern an ihm hängen, aber nie drang sie zu ihm durch. Er nannte es so: Es sei nicht seine Sache, Länge und Breite anderer Leute Leben abzumessen. Fremde Meinungen waren eine Art Lärm für ihn, gegen den er sich wehrte, indem er sich die Ohren zuhielt. Vielleicht interessierte er sich für seine Frau. Jedenfalls in den frühen Tagen ihrer Liebe hat er sich für sie interessiert. Johanna und ich, seine Kinder, waren nicht mehr als Touristen in seinem Leben.

Mit achtzehn verließ Johanna das Haus. Ich war gerade ins Gymnasium gekommen. Sie ging, ohne sich von meinen Eltern zu verabschieden. Unsere Mutter war seit fünf Monaten gelähmt. Nur von mir verabschiedete sich Johanna.

Sie sagte: »Der Wise ist mir das Liebste auf der ganzen Welt.«

Und sie sagte: »Es ist nicht so schlimm, wie es aussieht. Es ist nur kurz so schlimm wie jetzt, und dann wird es auf alle Fälle wieder besser.«

Sie werde lediglich eine Freundin in Wien besuchen und werde in einer Woche, spätestens in zwei Wochen, wieder da sein. Ich solle den Eltern aber nichts sagen. Ich solle so tun, als wüßte ich nichts. Die beiden verdienten es, daß sie Angst um sie haben. Das gönne sie ihnen. Und dann fuhr sie ab.

Die Mama fragte mich, ob ich wisse, wo Johanna sei. Ich sagte: »Sie ist nach Wien gefahren zu einer Freundin. Sie kommt in einer Woche wieder, spätestens in zwei Wochen.«

Darum machten sich die Eltern keine Sorgen. Sie machten sich auch keine Sorgen, als die Woche vorüber war, und auch nicht, als vierzehn Tage vorüber waren, und auch nicht nach einem Monat. Um Johanna machte man sich keine Sorgen. Sorgen machten sich Mutter und Vater zu dieser Zeit, daß sie selber absaufen könnten, eine Verzweiflung wie die ihre läßt einen nicht besonders nett sein. Ich ernährte mich von Schokolade und Chips, und sie ernährten sich gar nicht.

Irgendwann rief Johanna aus Wien an und erzählte, daß sie einen Job in einem Verlag gefunden habe und in Wien bleiben wolle. Sie sprach mit unserem Vater. Die Mama war gerade in der Nervenheilanstalt. Er sagte Johanna nichts davon, er scherzte mit ihr am Telephon, er lachte lang und laut. Also dachte ich, wird auch Johanna am anderen Ende der Leitung lang und laut lachen. Über die alte Sache sprachen sie nicht. Entweder sie taten so, als ob sie sich nicht mehr daran erinnerten, oder es war alles für sie gut. Ich aber erinnerte mich an die alte Sache, und nichts war für mich gut.

Das war die alte Sache: Johanna war kurz aus dem Haus gegangen, einkaufen oder was weiß ich, und hatte die Mama und den Papa gebeten, ihrem Freund, wenn er in der Zwischenzeit anrufe, auszurichten, sie sei spätestens in einer halben Stunde wieder da und werde zurückrufen. Und dann rief ihr Freund an – seinen Namen weiß ich bis heute, nämlich Mario –, und unser Vater ging ans Telephon, und er sagte, er habe keine Ahnung, wo Johanna sei, und er wisse auch nicht, wann sie nach Hause komme. Und das hat dann, laut Johanna, dazu geführt, daß es aus war zwischen ihr und Mario, was mit Sicherheit verlogen ist, wie sollte das auch gehen, wegen eines einzigen Telephonats.

In unserem Haus wurde an diesem Abend geschrien, und Dinge wurden gesagt, ich hatte es nicht für möglich gehalten, daß im Kopf meiner Mutter, im Kopf meines Vaters und im Kopf meiner Schwester solche Worte sein könnten. Ich weiß, daß ich mich als einziger an diesen Abend erinnere. Ich erinnere mich, wer als erster, wer als zweiter, wer als dritter, wer als vierter und wer als fünfter gesprochen hat. Einer hat den anderen ausreden lassen, hintereinandergeklebte Statements, Böses in Ordnung. Ich dachte, ich müßte von nun an stumm sein, denn wenn man solche Dinge sagen kann, dann ist auch alles andere, was man sagt, nicht mehr unschuldig. An diesem Abend ist unsere Familie zerbrochen. Den großen Schlag hatte die Familie erhalten, als die Mama krank wurde, aber zerbrochen ist sie an diesem Abend. Johanna sagte zu Mama das Schlimmste, was man zur Mama sagen kann. Sie wollte den Vater treffen, und sie traf ihn, indem sie das Schlimmste zu der Mama sagte. Ich sage nicht, was sie sagte, man kann sich das ausdenken.

Johanna ist die einzige von uns, die etwas fertiggemacht hat. Sie ist gelernte Buchhändlerin. Eine Zeitlang hat sie in Bregenz in einer Buchhandlung gearbeitet, dann in einem Schuhgeschäft. Warum sie gewechselt hat, weiß ich nicht. In Wien arbeitete sie zwei Jahre in einem Verlag in der Presseabteilung, dann wechselte sie die Seiten und begann, für die erwähnte Wiener Stadtzeitung zu schreiben.

Als ich siebzehn war, bin ich ebenfalls von zu Hause weg, und ich bin zu Johanna nach Wien gefahren. Aber ich habe es meinen Eltern gesagt. Ich sagte, ich möchte es in Wien probieren. Sie fragten nicht, was ich probieren möchte. Bei uns hat immer alles alles mögliche bedeutet. Ich bin in Frieden abgezogen. Ich hatte Heimweh in Wien. Ich konnte zum Beispiel lange Zeit nicht ins Kino gehen, Kino kam mir vor wie Emigration.

Johanna hatte in der Rechten Wienzeile eine Wohnung, Altbau, oben im letzten Stock, kein Lift, zwei Zimmer, eine geräumige Küche – in der ein Fernseher stand und ein Sofa, auf dem ich schlief – und dann noch ein Bad und ein Flur, der leider keine Fenster hatte. Wenn Freunde kamen, dann stellten wir zwei Böcke in den Gang und legten Bretter darauf und ein Leintuch darüber, Kerzenständer, ein Fest.

Johanna brachte mir das Kochen bei, und ich kochte für sie. Ich habe dafür ein Talent. Ich weiß, wie eine Speise schmeckt, ohne daß ich sie probieren muß. Ich kaufte auf dem Naschmarkt ein, schon nach wenigen Tagen bekam ich heraus, daß die Waren immer billiger wurden, je weiter man den Naschmarkt stadtauswärts ging. Bei den Jordaniern, Türken und Persern in der Nähe der Kettenbrückengasse konnte man das Gemüse am Abend für einen Bruchteil vom Preis des Morgens bekommen. Ich war ganz wild aufs Kochen. Ich entwickelte einen Tadellosigkeitswahn. Mittags kam Johanna nach Hause, und wir aßen zusammen wie eine kleine Familie.

Sie wollte, daß ich mit ihr abends weggehe. Eine Zeitlang tat ich das. Wir besuchten das Kaffeehaus, in dem der Dichter Heimito von Doderer angeblich gern gesessen und nachgedacht hatte. Um Mitternacht gingen wir in eine Bar, wo sie Kollegen traf. Sie schlang ihre Waden um den Barhocker und stellte mich ihren Kollegen vor. Einige schienen in sie verliebt zu sein, Männer, die nicht schlecht aussahen und etwas drauf hatten. In den Mattesten von denen war sie selber verliebt. Oder das, was sie darunter verstand. Er hatte eine Art vor ihr zu stehen, die mich ärgerte, die Füße immer streng auf zehn vor zwei, die Lippen rotgescheuert. Sie fragte mich vor seinem hellen Ohr, wie ich ihn finde. Er hatte eine schmalbrüstige, fanatische Gestalt und einen rechthaberischen Ton in der Stimme. Zu Hause sagte ich, ich mag ihn nicht. Da hat sie sich ihn aus dem Kopf geschlagen.

Einmal wartete ich einen ganzen Tag lang auf Johanna. Ich hatte Lasagne gekocht, dazu bereitete ich einen Gurkensalat. Als Nachtisch schnitt ich Mangohälften vom Kern und ritzte das Fruchtfleisch im Karo ein und stülpte die Hälften um, so daß sie auf den Tellern wie zwei stumpfstachlige gelbe Igel aussahen. Wenn man Mango ißt, muß man Zahnseide im Haus haben. Zum Trinken hätte es Kombucha gegeben, ein neues rosafarbenes Getränk aus dem Fernen Osten, das dem Menschen Energie verleiht und zugleich auch Gelassenheit, wie auf dem Etikett zu lesen war. Ich deckte den Tisch in der Küche, und dann glotzte ich aus dem offenen Fenster. Hinunter auf den Parkplatz, der sich hinter der Markthalle bis zu den letzten Ständen des Naschmarkts erstreckte. Auf der Uhr über der Markthalle war es kurz nach eins, als ich mit dem Glotzen anfing.

Ich hörte Worte, die zugerufen wurden, erriet, welcher Nation der Rufer angehörte, oder erriet es nicht. Und habe mir meine Gedanken gemacht. Richtig müßte ich sagen: Es hat mir gedacht. Das Summen der Stadt war wie Stille, und die verdummte meine Ohren, so daß ich bald keine Stimmen mehr unterschied und bald gar nichts mehr unterscheiden konnte vom Rauschen meines Blutes. Auch nicht der Preßlufthammer, der irgendwo geschlagen wurde. Ich sah Männer und Frauen gehen und aneinander anstreifen, und es war wie in einem Stummfilm, und ich sah Autos mit engen, grünen Ladeflächen, und ihre Stoßstangen drückten an andere Stoßstangen oder an niedere Betonmauern. Jeder

Schritt, jede Radumdrehung, jeder Aufprall reibt etwas von unserer Welt ab, und wenn alles in gleichgültigen Staub zerlegt sein wird, werden wir diesen Staub einatmen und ihn bis in die untersten Lungenspitzen ziehen, damit er ordentlich einfährt, und es wird alles weitergehen, garantiert ohne erbärmliche leere Gefühle und auch ohne den Eifer, der einen bisweilen drängt, jemandem aus kleinstem Grund heraus die Unterlippe aufs Brustbein zu reißen. Erst taten mir noch die Ellbogen weh, weil ich mich vorbeugte und auf sie stützte, dann tat mir der Rücken weh, und dann taten mir die Beine weh, bei dem einen das Knie, weil ich es durchstreckte, bei dem anderen hauptsächlich die Ferse wegen Überdehnung der Sehne, und dann tat mir nichts mehr weh. Ich war in Gestalt gebracht und verharrte. Der Tag bewegte sich langsam wie eine Jahreszeit, leuchtende Fassade, schattige Fassade, und ich habe allem zugestimmt, auf alle Fälle rechnete ich mit der Möglichkeit, daß auch so ein kleines Ding wie eine Taube eine Seele hatte, Tauben sowieso, ich war mit allem einverstanden. Leben ohne Dasein. Denn eigentlich war ich gar nicht da. Von mir konnte keine Veränderung erwartet werden. Ich ließ niemanden via Fernsehen an meinen Gefühlen teilhaben. Nur wer sich bewegt, ist da, und wer sich bewegt, verändert. Ich lebte, aber ich war nicht da. Meine Zukunft bestand aus meinen Hoffnungen, so war es immer gewesen, nur selten ließ ich meine Befürchtungen bis dorthin vordringen. Und nun, an diesem lauen Nachmittag in der Rechten Wienzeile, begann ich nichts mehr zu hoffen, und so schwand die Zukunft. Ich war dankbar für meine kurze Natur. Müde war ich, ohne daß ich mich hätte hinlegen wollen. Ich hätte ja nur einen Schritt ins Zimmer hinein tun müssen und wäre schon auf dem Sofa gelandet, wo ich mir nachmittags manchmal einen runterholte. Niemand sah mich, niemand kannte mich. Im Protokoll der Stadt schien ich nicht auf.

Für eine Weile hatte ich die Sonne in den Augen. Die stiftete Unfrieden in mir. Ein neidisches Licht, als scheine es von der Hölle herauf zu meiner schönen Erde. Hätte mich beinahe wieder zusammengebaut, zu dem vergeblichen Wise Fink. Meine Geburt war der Anfang meiner persönlichen Angelegenheiten gewesen. Das durfte jeder für sich geltend machen. Auch Johanna. Jemand anderen gab es im Augenblick ohnehin nicht für mich. Und sie war nicht hier, und nur zwei Augenpaare ergeben einen Blick, und damit war ich freigesprochen von allem und sie genauso.

Eine rote Tasche, quadratisch, wurde von einer Frau hinüber in das Café Savoy getragen. Ein Punkt im Tag. Ich tat nichts, aber das tat ich, und ich war ganz von der Tätigkeit des Nichtstuns umschlossen. Es war mir gelungen, jenen Zauberpunkt, bevor das Handeln einsetzt, an dem alles Möglichkeit ist, auf einen ganzen Nachmittag auszudehnen. Am Ende stand eine würdevolle Erschöpfung. Die Uhr über der Markthalle zeigte halb acht Uhr abends.

Wenn ich behaupte, ich war glücklich an diesem Tag, dann laufe ich Gefahr, daß man mich für einen erlebnislosen Menschen hält, was ich meiner Einschätzung nach nicht bin. Dennoch möchte ich diesen Tag als den einzig geglückten Tag in meinem Leben bezeichnen. Obwohl alles, was mich umgab, ohne Bewegung war und ich mich auch nicht bewegte und alles in meinem

Umkreis vom Mittag bis zum Abend starr war wie ein Photo, war es dennoch ungeordnet und darum ohne Bedeutung. Denn es ist mir vollkommen unmöglich, Bedeutung ohne Ordnung zu akzeptieren. Ich sah, wie im Abendlicht die kühlen, steilen Schatten über den Parkplatz wuchsen, und ich fragte mich nicht, ob das Leben einen Sinn hat oder ob es keinen Sinn hat.

Dann kam Johanna, und ich wärmte die Lasagne auf, die Mangohälften waren etwas eingetrocknet, und Johanna mochte kein Kombucha, sondern Milchkaffee.

Nach dem Essen sagte ich: »Warum sind wir so?«

»Was meinst du?« fragte sie.

»Wir alle. Unsere Familie. Vor allem aber der alte Fink und ich.«

»Du bist nicht wie Papa«, sagte sie.

»Doch«, sagte ich, »ich bin wie er.«

»Du bist überhaupt nicht wie er«, sagte sie noch einmal, es machte sie wütend.

»Halt!« sagte ich. »Ich kann nicht arbeiten, und er kann es auch nicht. Warum können wir das nicht?«

Darüber haben wir geredet, ohne daß etwas dabei herausgekommen wäre. Ich liebte den Kaffeegeruch aus ihrem Mund. Als es schon spät war und wir die Fenster zumachen mußten, weil ein kühler Wind aufkam, erzählte sie mir etwas.

»Der Papa hat sich sehr bemüht«, sagte sie. »Er wollte nämlich nicht einer sein, der nicht arbeiten kann.« Sie könne sich erinnern, sagte sie, daß er, als sie klein war, fünf oder sechs, also noch bevor ich geboren war, immer auf Jobsuche gewesen sei. Er habe beim Rundfunk gearbeitet und bei einer Zeitung draußen im

Land, in einem Plattengeschäft und dann in einem Vertrieb, dann in einer Agentur und bei den Sozis. Und noch viele andere Jobs habe er gehabt, damals sei es nicht schwer gewesen, einen Job zu kriegen. An die meisten seiner Jobs erinnere sie sich freilich nicht, denn selten sei er länger als zwei oder drei Tage geblieben.

»Er kann es nicht«, sagte ich.

»Er kann es wirklich nicht«, sagte sie.

»Hat er nie etwas werden wollen?« fragte ich.

»Er kann alles ein bißchen«, sagte sie. »Aber nichts kann er richtig. Und er will nichts. Er hat das selbst lange nicht gewußt. Aber irgendwann hat er es gewußt. Daß er in Wahrheit nichts tun kann, weil er nichts tun will.«

Und dann, als ich zur Welt kam, habe ihn eine Panik ergriffen, und da habe er sich eingebildet, er sei ein Schriftsteller. Er setzte sich ein Ultimatum. Er wollte sich ein halbes Jahr Zeit geben, um herauszufinden, ob er zur Schriftstellerei tauge. Oder ob er zu Untätigkeit und Zigarettenrauchen verurteilt war. Er besorgte sich in einer Papeterie in St. Gallen ein schönes Buch, dreihundert Seiten stark, leinengebunden mit Lesebändchen und leer. Leer. Und fuhr nach Kreta.

Erst versuchte er es am Strand in der Nähe von Heraklion. Er zog in ein Touristenhotel, teilte sich den Tag ein – frühstücken, am Strand spazierengehen, dann setzte er sich in den Innenhof des Hotels, Pools gab es damals noch nicht, und machte sich Notizen und dachte nach bis in den Abend. Nach drei Tagen zog er aus. Er mietete sich ein Zimmer, keine zweihundert Meter landeinwärts. Da war kein Tourismus, er saß den ganzen Tag in den Cafés. Schließlich fuhr er mit dem Bus zur Hochebene von Lasithi. Im Bus war ein Schweizer Ehepaar, das erzählte ihm, daß in dem Dorf Mochos, durch das sie gleich fahren würden, Olof Palme immer Urlaub mache. Den kannte unser Vater. Er bat den Busfahrer, er solle ihn in Mochos aussteigen lassen. Und dort blieb er mehr als zwei Monate.

Er lebte so bescheiden, wie ein Mann nur bescheiden leben kann. Jeden Morgen ging er hinaus in den Olivenhain, und erst am Abend kehrte er ins Dorf zurück. Dann aß er eine Kleinigkeit und trank zwei Gläser Wein und saß da und schaute vor sich hin. Die Leute behandelten ihn mit Respekt. Immer hatte er sein Buch bei sich und seine Bleistifte. Und seine Wasserflasche und einen Leinensack mit Brot und Früchten.

»Hat er etwas geschrieben?« fragte ich.

»Kann ich mir nicht vorstellen«, sagte Johanna.

»Hast du das Buch zu Hause je gesehen?«

»Früher«, sagte Johanna.

»Und hineingeschaut?«

»Nicht.«

Ich wohnte ein Jahr bei Johanna. Nicht einmal haben wir gestritten. Oft habe ich mit der Mama telephoniert. Es ging ihr gut. Soweit. Dann lernte ich Franka kennen, unten beim Donaukanal. Und ich folgte ihr nach und zog bei Johanna aus und fuhr mit dem Zug nach Gießen, über Salzburg, München, Nürnberg.

Weil Johanna durch ihre Tätigkeit bei der Zeitung eine Berechtigungskarte für den DoGro besaß – das ist ein Großhändler, der Lebensmittel führt –, hieß es von seiten unseres Vaters, man müsse das ausnützen, bevor sie wieder nach Wien zurückkehre, und so fuhren wir nach

Hohenems und luden meinen Toyota voll mit Makkaroni, Tomaten in Dosen, Erbsen in Dosen, Mais in Dosen und sonst noch einen Haufen verlöteter Speisen, und kauften ein halbes Dutzend Flaschen Olivenöl, was angeblich das Beste fürs Herz ist, und Plastikkissen mit tiefgefrorenen Shrimps und Spinatravioli, eine Halbmetersalami, drei Flaschen Mangosirup, den unsere Mutter so gern im Tee trinkt, und das war noch lange nicht alles. Ich muß dazu sagen, ich mag Supermärkte im allgemeinen sehr gern, aber von diesem Laden war ich begeistert, von den hohen Regalen, aus denen man jederzeit mit dem Hubstapler Nachschub holen konnte. Allein die Auswahl an Nudeln oder Essiggurken! Ich dachte mir, es gehört doch eindeutig zum Vernünftigsten, was sich der Mensch auf Erden wünschen kann, nämlich eine Nacht hier eingesperrt zu sein.

Wir zahlten mit der Bankomatkarte unseres Vaters. Wir waren eingeladen. »Bis eure Kapitalbasis wieder etwas breiter ist.« Seine Worte. Dabei kauften wir das meiste ja für ihn und die Mama ein. Er habe vor, jeden Monat einen Teil der Mieteinnahmen in Aktien anzulegen, erzählte er, als wir beide, er am Steuer, am ersten Abend die Autobahn hinauf- und hinunterfuhren. Was ich davon halte. Er sah mich dabei mit einem besiegten Lächeln an, als hätte ihn allein schon das Aussprechen dieser Idee bankrott gemacht. Ich betrachtete sein Gesicht, nicht direkt, sondern über den Rückspiegel, ein Gesicht, dem das meine nicht ähnlich sah, üppig geschmückt mit Lebensfalten, voll überflüssiger Details. Nach einer langen Pause sagte ich: »Weiß nicht.«

Ich schlug Johanna vor, in dem Café innerhalb des Supersupermarkts noch etwas zu trinken. Aber sie fand den Ort triste, Tische wie unbelegte Tortenböden, viel schöner wäre es doch, wenn wir zum Rhein führen und dort ein Stück spazierengingen. Was ich dann ebenfalls viel schöner fand. Weil ja auch der Himmel in der Mitte blau war an diesem Tag und das DoGro-Café keine Fenster hat. Und weil sich der gute alte Föhn meldete. Ich roch ihn sofort, als wir durch die breite Glastür auf den Parkplatz traten, und als wir die Sachen vom Einkaufswagen in den Kofferraum luden, kribbelte der gute alte Rausch unter meiner Haut, der eine glatte Mischung aus Heimweh und Fernweh ist, so daß immer Brennstoff bereit liegt, egal ob ich zu Hause bin oder nicht.

In Lustenau bei der Eisenbrücke über den Rhein stellten wir den Wagen ab. Da war ein Pappelhain mit runden schwarzen Flecken im Gras, die von Lagerfeuern herrührten. Zwei Schaukeln aus grünlich imprägnierten Pfählen standen unter den Bäumen und dann noch eine eiserne Rutsche, deren Geländer und Leitern verrostet waren. Die Rutschflächen waren aus Plastik und gelb wie Butterblumen. Von den Schrebergärten herüber roch es nach verbrannten Gartenabfällen, und das ist ein Geruch, der mich augenblicklich glücklich macht, auch wenn dieses Glück dann doch nur sehr flüchtig und instabil ist. Zusammen mit Föhn hält es etwas länger.

Wir rissen eine Packung Studentenfutter auf, faßten uns jeder eine gefräßige Handvoll heraus und spazierten auf dem Rheindamm hinunter und warfen uns Nüsse und Rosinen in den Mund. Das Wasser war hoch, und wir sahen zu, wie Holzbrocken dahinschwammen, lautlos und gravitätisch wie Delphine in Zeitlupe, und tauchten und uns überholten.

»Weil es in der Nacht in Graubünden so geschüttet hat«, sagte Johanna.

»Bei uns auch«, sagte ich.

»Dafür ist nur Graubünden zuständig«, sagte sie.

»Das wußte ich gar nicht.«

Und sie sagte, was sie in solchen Fällen immer sagte, nämlich: »Jetzt weißt du es.«

Viel mehr haben wir nicht miteinander geredet. Was erstaunlich ist, denn wir reden beide eher viel als wenig, besonders sie, und miteinander haben wir immer gern gesprochen, ich habe keine Geheimnisse vor ihr, und sie auch nicht viele vor mir, glaube ich. – Übrigens: wenn ich einmal etwas Kluges sagte, zum Beispiel, irgend jemandem muß man vertrauen, und seis nur ein bißchen und nur für kurze Zeit, dann antwortete sie im gleichen Tonfall das gleiche: »Jetzt weiß ich es.«

Zwei Männer waren damit beschäftigt, Schwemmholz aus dem Wasser herauszuziehen. Der eine hielt eine lange Stange in den Händen, an die war vorne ein eiserner Haken genagelt. Mehr allerdings interessierte mich das Gerät des anderen. Es sah aus wie ein kurzer Anker, ein Vierkantholz, an das vier Eisenhaken geschraubt waren. Am anderen Ende hing ein Seil, und der Mann schwang das Ding über seinem Kopf und warf es nach den schwimmenden Holzbrocken in den Fluß, und er war so geschickt dabei, daß er nur selten vergeblich warf. Der andere half ihm mit der Stange, aber er stellte sich dumm an, und wenn sie die Beute verloren, war es immer seine Schuld.

Johanna unterhielt sich mit den beiden, ließ sich ihre Sache erklären, schäkerte und flirtete und machte ein Hohlkreuz, den Männern hing die Zunge heraus. Der ältere hätte unser Großvater sein können, meine Güte! Sie nahm sich Bewunderung, wo sie zu haben war. Der jüngere rechnete sich Chancen aus, er hatte ein langes, ziegelrotes Gesicht, auf der Stirn schälte sich die Haut. Der Geruch von nasser Wolle ging von ihm aus. Er stellte sich nahe vor meine Schwester hin, und sie blickten sich an, und es war still, und die Luft um sie herum lud sich mit einer Atmosphäre gelassenen Einverständnisses auf, von der Sorte Ich-weiß-daß-du-es-weißt-und-du-weißt-daß-ich-weiß-daß-du-weißt-daß-ich-es-weiß, ich fand das ekelhaft. Sie verarschte ihn, und der Blödian überriß es nicht. Wenn er sie auch nur mit den Fingerspitzen angefaßt hätte, hätte sie ihm die Stange mit dem Haken über den Schädel gehauen und Anzeige erstattet und dem Landessender ein Fernsehinterview aufgezwungen. So machte sie ihr Hohlkreuz und preßte die Hände in die Hüften und straffte den Pullover um sich, und er rechnete sich Chancen aus, und sein Freund, der Alte mit dem Anker, zog die Brauen in die Höhe und quetschte einen Grinser in meine Richtung hinauf, als ob wir beide Zuhälter und Sozialhelfer wären.

Ich setzte mich an den Rand des Dammes, schob mir ein Stück Brett unter, stemmte die Fersen auf einen Stein, der in den Damm zementiert war. Es machte mich nicht neugierig, was da neben mir geredet wurde, ich konnte meine Schwester im Augenblick nicht leiden, und mir wäre lieber gewesen, ich säße hier allein. Der Himmel war geteilt in Hell und Dunkel, und genau über meinem Kopf schien die Trennungslinie zu verlaufen. Als Schüler war ich im Frühling manchmal mit dem Fahrrad hierher gefahren, um Englischvokabeln zu lernen, und hatte statt dessen Rosenkranz gebetet, nicht weil ich an Gott glaubte, sondern weil ich das Gebet, als ich im Religionsunterricht der anderen meine Freistunde absaß, auswendig gelernt hatte, was mir im Gegensatz zu den Englischvokabeln leichtgefallen war. Wenn ich lange genug gebetet hatte, begann sich alles um mich zu drehen, ich rieb meine Hände am Boden, bis ich die Wurzeln der Gräser bloßgelegt hatte, und eine Ergriffenheit war in mir, die mich emporhob zu dem sensationellen Gewölbe über mir und mein Herz so weit machte, daß ich mir einbildete, sogar Adolf Hitler lieben zu können, wenn es darauf ankäme. Ich war wie ein Heiliger, so daß ich denken mußte, die da im Unterricht reden über Dinge, die sie nicht verstehen, und ich, der diese Dinge eigentlich nicht verstehen dürfte, weil ich ja nicht getauft bin, ich verstehe sie. Ich ahnte schon, daß diese Empfindungen mit dem Frühling zu tun hatten, doch, das ahnte ich, mit dem Frühling und dem Föhn, der den Himmel zu einem solch ekstatischen Tempel baumeisterte. Ich ahnte, daß all das Schöne nur Chemie in meinem Kopf sein könnte.

Ich habe später viel über diese Stunden nachgedacht, und ich bin zur Überzeugung gekommen, daß ich wirklich ein Heiliger bin. Daß ich manchmal einer bin, einer auf chemischer Basis und nur für wenige Stunden. Natürlich traute ich mich nicht, das auszusprechen. Erstens, weil ich im Normalen selber nicht an Heilige glaube. Zweitens, weil ich nicht will, daß man über mich lacht oder auch nur die Schulter zuckt. Vor allem aber drittens, weil ich mich nicht über andere erheben möchte. Es beschwichtigt mich die Vermutung, daß jeder Mensch solche unerhörten Stunden kennt. Es ist mein Verstand, der mir sagt, die anderen sind nicht viel anders als ich. In Wahrheit glaube ich es nicht.

Der Refrain eines Songs von Emmylou Harris hüpfte mir in die Kehle, und ich hätte ihn gern laut gesungen, aber ich bin ja nicht verrückt. Ich mußte an die dicke, lustige Lotte aus dem netten Supermarkt vor unserem Kindergarten in Gießen denken, und ich nahm mir vor, ihr zu erzählen, daß ich allein am Rhein gesessen und an ihre Musik gedacht hatte.

Wenn ich nach Süden zu den Bergen schaute, die jetzt so nahe standen, so ansatzlos, als wären sie vom Himmel herunter mitten in die Landschaft projiziert, durfte ich mir einbilden, es sei Frühling und der Föhn spiele mir nicht nur etwas vor. Die Wolken hatten schimmernd weiße Kronen, und viel Blau war dazwischen, saubere Löcher ins Universum, durch die Schwärme von Vögeln zogen. In der anderen Richtung herrschte nichts besonders, und das ist die traurigste Herrschaft, die es gibt.

Sechstes Kapitel

Nach zwei Tagen, wie gesagt, fuhr Johanna nach Wien zurück, und als schließlich auch der Alte nach Oberösterreich abgereist war, schlug ich der Mama vor, mit mir nach Gießen zu kommen, vielleicht eine Woche dort zu bleiben und dann noch eine Woche oder so mit mir herumzufahren, nach Belgien zum Beispiel oder nach Berlin oder Amsterdam oder Frankreich, einzige Bedingung, daß sie das Benzin zahlt.

»Wir schlafen in Pensionen und essen bei McDonald's und schauen uns den Herbst an«, sagte ich.

Ich hätte gewettet, daß sie ablehnt, aber sie lehnte nicht ab. Etwas Besseres als den Tod finde sie überall, sagte sie. Außerdem habe sie inzwischen einen neuen Rollstuhl, bei dem man eine Schüssel unter den Sitz schieben könne, und das Patent sei von ihr noch nicht ausprobiert worden.

Ich rief Franka an, die ich absichtlich nicht ein einziges Mal angerufen hatte, seit ich bei meinen Eltern war, das heißt, ich rief bei Hanne Rotmann an, und die ging hinüber in unsere Wohnung und kam zurück und sagte, Franka sei nicht da und die Kinder seien auch nicht da, aber sie werde ihr einen Zettel über die Klinke klemmen, daß sie mich zurückrufen soll. Und das geschah bereits eine Viertelstunde später.

»Ich habe Merle und Simon gerade vom Kindergarten abgeholt«, sagte Franka, und ich glaubte ihr natürlich nicht, es war nämlich ganz und gar nicht die Zeit danach. Aber mir fiel kein Grund ein, warum sie hätte lügen sollen, außer daß sie immer log.

Ich fragte leise in den Hörer, was sie heute gegessen habe und ob sie mit den Kindern aufgestanden sei und was sie anhabe und ob sie schon einkaufen gewesen sei und ob an den Bäumen im Philosophenwald noch Blätter hingen. Sie beantwortete jede Frage unverzüglich, blieb jedesmal mit der Stimme am Ende oben, als warte sie begierig auf die nächste Frage, und gab keinen Laut von sich, bis ich die nächste Frage ausgesprochen hatte. Das war aufregend. Ich konnte sie nämlich vor mir sehen, wie sie bei Hanne Rotmann im Flur stand, mit leichtem Hüftknick, und die Tapete anstarrte, ohne daß sie hinterher hätte sagen können, wie sie aussah, denn seltsamerweise merkt man sich solche Dinge nur, wenn man schlechte Nachrichten zu hören kriegt.

Wieder hätte ich gewettet, diesmal, daß es Franka nicht recht wäre, wenn ich mit meiner Mutter komme. Und wieder hätte ich die Wette verloren. Franka sagte sogar, sie freue sich, und ich glaubte ihr.

»Ciao«, sagte sie, ohne auch nur einmal nach mir gefragt oder von sich aus etwas erzählt zu haben. Es war ein gutes Zeichen, trotzdem. Nämlich daß sie »ciao« sagte. Das hatte sie sich mir zuliebe angewöhnt, weil ich ihr irgendwann einmal erklärt hatte, das Wort »tschüß« sei der Einschaltknopf zu meinem Brechzentrum. Ich dachte, sie sagt »ciao« nicht, weil es ihr inzwischen von allein in den Mund kommt, sondern weil sie mich liebt.

»Ciao«, antwortete ich ihr.

Und sie sagte wieder: »Ciao!« Und sogar noch einmal sagte sie: »Ciao.« Mit einem Nachdruck beim dritten Mal, als wäre das Wort ein ausgemachtes Zeichen zwischen uns, das nur in äußersten Notfällen zum Einsatz kommen durfte, zum Beispiel wenn einer von uns beiden von Terroristen als Geisel genommen wird und dem anderen mitteilen möchte: Mach dir keine Sorgen, ich komm durch, und wenn nicht, dann sei sicher, ich habe nur für dich gelebt und nie jemand anderen mehr geliebt. Ich fühlte mich eine Sekunde lang wie auf Speed, und alles Gute war für mich bewiesen mit diesem dreimal wiederholten Ciao, und da machte ich – in ebendieser glücklichsten Sekunde! – idiotischerweise noch einmal den Mund auf, und es redete aus mir heraus.

»Wer früher stirbt, ist länger tot«, hörte ich mich in den Äther predigen.

»Witzbold«, sagte sie nach einer sehr stillen, wattigen Pause in meinem Ohr – und lachte, und zwar, wie mir schien, immer noch freundlich, aber dann knallte sie mitten in diesem freundlichen Lachen den Hörer so zornig auf die Gabel, daß es in meinem Ohr krachte. Jedenfalls hatte es sich zornig angehört. Obwohl man das ja eigentlich nicht hören kann, denke ich mir. Denn in genau dem Augenblick, wenn der Hörer die Gabel berührt, ist Schluß, aus, fertig, und egal, wie der Hörer aufgelegt wird, es wird immer gleich klingen, nämlich nach Schluß, nach Aus, nach Fertig.

Ich war so baff, daß ich eine ganze Weile noch mit dem toten Hörer in der Hand dastand. Ich war baff, nicht weil sie aufgelegt hatte, sondern weil ich mich über meinen Spruch wunderte und nicht wußte, woher ich ihn hatte. Aber dann fiel es mir ein: Der Alte hatte ihn von sich gelassen, als er sich am Bahnhof in Bregenz von mir verabschiedete. Er fuhr mit dem Zug zu seinem Kurort. Um die Stirn hatte er ein ausgewaschenes buntes Band gewunden, das ihm hinten bis zum Gürtel herunterhing, und die Haare hatte er zu zwei Zöpfen geflochten, so daß er aussah wie Willie Nelson auf einer CD, die bei uns in der Küche liegt. Zum Abschied stieß er mir einen Finger in die Brust. Augenblicklich war alle Energie aus mir entwichen. Und so stand ich da, der Junge vor dem Alten, und ich war der Dumme, plattfüßig, schwerfällig und für nichts zu begeistern. Und er sagte Passendes, als hätte er mit gutem Willen gegurgelt, und schwang sich in den Waggon zweiter Klasse, Raucher. Genau so, hatte ich mir früher vorgestellt, steigt er am Freitagabend in den Zug nach Innsbruck, und es schoß mir durch den Kopf, der Hundling hat eine Freundin irgendwo, und das alles, der Herzinfarkt, dieser beschissene Streifer, das ganze Theater, das ist alles inszeniert, weil er mit seiner Schicksen drei Wochen irgendwohin in Urlaub fahren möchte. Er war vielleicht brillant, aber im Unrecht. Eine Lüge auf seiner Seite hätte mich ins Recht gesetzt. Wenigstens das.

Weil es in meinem Toyota zieht, brauchte sie etwas Gutes zum Sicheinpacken, und so etwas besaß sie nicht, eine Daunenjacke oder etwas Ähnliches. Sie wollte kein Geld ausgeben, die Kur koste so viel, auch wenn die Krankenkasse mitzahle, trotzdem, und unsere Fahrt werde auch genug kosten, und für Johanna habe sie den Flug von Wien bezahlt, und der koste so viel wie New

York retour, auch wenn sie Journalistentarif bekomme. Da habe ich ein Machtwort gesprochen, ich bin sogar laut geworden, nicht gegen sie, zuerst gegen die Zustände in der Welt im allgemeinen, dann aber deutlich gegen ihn. Da habe ich dann allerdings gleich gemerkt, daß ich nicht weitermachen darf in dieser Richtung, sonst schaltet sie auf stur und bleibt zu Hause.

Ich sagte: »Dann werde ich dich eben auf eine Daunenjacke einladen.«

»Du hast doch auch kein Geld«, sagte sie.

»Für meine Mutter gehe ich stehlen«, tremolierte ich. »Ich verlasse jetzt das Haus, und wenn ich am Abend ohne Daunenjacke heimkomme ...«, und so weiter.

Das gefiel ihr. Ihre Augen blitzten unter den Brauen hervor, und der Blick wurde starr, hakte sich irgendwo hinter meinem Rücken fest. Sie faßte sich mit der gesunden Hand an den Stützapparat, klinkte das Kniegelenk ein, klinkte es aus, klinkte es wieder ein. Hielt das Bein gestreckt, dienstbereit.

»Dann gehen wir also auf Reisen?« Schob den Mund vor. »Wir beide?«

»Ja, klar«, sagte ich.

Lange blickte sie vor sich nieder, die Hand am Stahlgelenk des Stützapparats. Dann sagte sie: »Aber eines, Wise.«

»Was denn?«

»Wie lange wir weg sind, das machen wir nicht aus.«

»Wie meinst du das?«

»Genau so. Wer weiß, wie lange wir weg sind. Ich will nicht wissen, wie lang wir weg sind. Eine Reise, bei der man weiß, wie lange sie dauert, das ist Urlaub.

Urlaub ist Scheiße. Ich habe in meinem ganzen Leben noch nie Urlaub gemacht, und ich fang jetzt nicht damit an.«

An dem Abend in Wien, als wir über die Kretareise unseres Vaters redeten und andere Sachen, hatte Johanna zu mir gesagt, ich hätte ein so zartes Netz aus Gerechtigkeiten, Empfindlichkeiten und Wahrheiten um mich herumgesponnen, daß jeder, der ein böses Wort an mich richte, sich vorkomme wie ein Schlächter, und als ich ihr darauf antworte, das könne doch für mich nur günstig sein, weil dann eben niemand ein böses Wort an mich richte, sagte sie, erstens gebe es Menschen, die gern Schlächter seien, zweitens sei dieses Netz für mich das viel größere Problem als für jeden anderen, denn ich könne mich nicht herauswinden, und ich fragte, was sie damit meine, und sie sagte: »Du wirst dich nie trauen, etwas zu sagen, was Folgen haben könnte.«

»Was für Folgen?« fragte ich.

»Verheerende zum Beispiel.«

»Aber kein Mensch will doch etwas sagen, was verheerende Folgen hat.«

»Haben könnte!« korrigierte sie mit erhobenem Zeigefinger. »Haben könnte! Nicht hat.«

»Was ist der Unterschied?«

»Der Unterschied heißt Mut«, sagte sie.

Als ich jetzt allein mit der Mama in der Küche saß, juckte es mich, so etwas zu sagen, und ich sagte es: »Vielleicht fahren wir beide ja für immer fort.«

Und sie prompt: »Das traust du mir nicht zu, was?«

Ihr Blick war ohne Zaudern, ich sah, wie ihr Herz gegen das schwarzes T-Shirt schlug. Und ich dachte: Das hat Johanna gemeint, davon hat sie in Wahrheit geredet. Nicht daß ich und der Vater gleich sind, sondern daß ich und die Mutter nicht gleich sind, gegenteilig sogar.

»Natürlich traue ich es dir zu«, sagte ich.

Der Mut unserer Mutter.

Der sie vergessen ließ, daß die menschliche Haut nicht aus Nirostastahl besteht. Und daß das Hirn nicht aus Gold gemacht ist, dem außer Königswasser keine Säure etwas anhaben kann. Ich traute ihr alles zu. Dieser Mut, der Gleichgültigkeit war vor der Tatsache, daß der Mensch untergehen kann. Kein schwarzes Pathos, das sich allein schon dadurch brechen ließ, daß man ihm mit Alltagsstimme antwortete. Sondern die Selbstverzehrung einer Figur unserer Familie. Präsentiert in achtlosem Vortrag. Und wir anderen schauten zu, weil wir Zeugen sein sollten bei diesem stummen, starräugigen Abfackeln.

»Gut«, sagte sie. »Ich bin gerüstet. Meinetwegen können wir sofort fahren.«

»Essen wir erst Abendbrot«, sagte ich.

»Ich brauche nichts zu essen«, sagte sie.

Ja. Sie war für das Unerwartete ausreichend gerüstet, jederzeit. Weil sie sich von einem Schicksal keine Schonung erwartete. Und sich vor der eigenen Versehrung nicht ängstigte. Der verheerende Mut unserer Mutter. Vor dem sich der Rest der Familie fürchtete wie vor dem Ende. Der sie hatte Heroin schnupfen lassen und LSD-Trips schlucken und Psilocbin und Pervetin und Präludin genauso wie irgendwelche Pilze, von deren Wirkung weder sie noch sonst irgend jemand eine Ahnung hatte ... – Oder eine Schachtel Antibiotika zusammen mit einer Schachtel Magentabletten und einer Schachtel Voltaren und einer Schachtel Rohypnol und einer halben Flasche Schlehenlikör auf Wodkabasis von der Firma Eristoff. Während ihr Mann doch immer nur beim guten, alten Haschisch geblieben ist und ihr deshalb mit Recht auf pfadfinderlichste Art Vorwürfe machen durfte, mit seiner von ihm so genannten Harley-Davidson-Stimme und seiner von mir so genannten Schneckenzunge, sich ständig wiederholend wie ein Idiot aus dem hintersten Hollywood, den er synchronisierte, so zugeraucht, wie er war, während Johanna und ich oben in meinem Bett saßen und uns vor Angst die Knöchel wund bissen.

»Du meinst, weil es von mir nur noch eine Hälfte gibt, krieg ich so etwas nicht fertig?«

»Du kriegst alles fertig, Mama.«

»Deine Mama und du?«

»Meine Mama und ich.«

Ich kam mir vor wie der Moderator von *Herzblatt*, wie ich da am Rand einer Depression balancierte, nämlich ihrer Depression, wozu mich niemand aufgefordert hatte und was mir auch niemand lohnen würde. Ich konnte verstehen, warum ihr Mann den Jim Morrison versteckt oder weggeworfen hat.

Sie gab mir zweitausend Schilling.

»Der Herbst ist natürlich die ungünstigste Zeit für diese Anschaffung, da kaufen alle solche Jacken, und das treibt den Preis in die Höhe.«

Ich fuhr nach Bregenz und kaufte ihr eine schwarze Daunenjacke, an der ein halbes Dutzend Schnüre hingen, die im grönländischen Winter irgendwie verknüpft werden mußten, wir kamen beide nicht dahinter wie, und darum haben wir sie abgeschnitten.

Ich hätte ihr gern gesagt, daß ich ein Optimist bin. Aber sie hätte darauf nur geantwortet, sie sei auch einer. Ich hätte ihr gern dargelegt, daß ich ein kleinbürgerlich sparsamer Optimist bin, der jeden Tag annimmt als ein neues Glied in einer wachsenden Kette angenehmer Überraschungen. Sie hätte mir recht gegeben und gesagt, genau so sehe sie die Zukunft auch.

Am Abend, bevor wir losfuhren, saßen die Mama und ich in der Küche, sie an ihrem Fensterplatz, ich unter dem Arzneikasten, wo inzwischen die Küchentücher verstaut sind und der Mixer. Ich machte uns Brote. Sie hatte ihre Hände neben ihrem Teller liegen, hatte sich die linke mit der rechten zurechtgelegt, die Handfläche nach unten, hatte mit der Faust sanft auf den Handrücken geschlagen, bis sich die Finger darunter streckten. Nun betrachtete sie mich. Was mich verlegen machte, weil ich mir einbildete, sie erwarte, daß ich gleich ein großes Thema eröffne.

Ich sagte, was ich als Kind angeblich alle fünf Minuten zu ihr gesagt hatte: »Ich habe dich gern.«

Sie wollte, daß ich mir ihren gegenwärtigen Favoriten anhöre. Es handelte sich um einen Bluessänger, von dem ich nicht viel wußte. Er hieß Mississippi John Hurt und war schon tot. Er sei, sagte sie, der einzige Bluessänger, der für sie fröhlich klinge, und etwas anderes als fröhliche Musik halte sie zur Zeit nicht aus, nachdem ihr der alte Fink Jim Morrison verboten habe und Lou Reed übrigens auch. Ihr Lieblingssong auf der CD war das Traditional *Corrina, Corrina*. Der Mann sang mit tiefer, schartiger Stimme, die ihm manchmal ganz versagte, so daß ihm nur ein Krachen aus der

Kehle kam, und dann nur noch Luft, es hörte sich an, als ob er schwer verkühlt wäre.

»Er war schon über achtzig«, sagte sie.

»Warum singt ein Überachtzigjähriger so ein Liebeslied?« regte ich mich auf.

»Es ist ein Volkslied.«

»Er singt: Mädchen, wo warst du so lange? Das ist doch ungustiös, wenn das so ein alter Sack singt.«

»Er singt einfach nur ein Volkslied. Darf er das denn nicht? Willst du es ihm verbieten? Ich darf Jim Morrison nicht hören, und Mississippi John Hurt darf keine Volkslieder singen?«

Vom Küchenfenster aus konnte man zum Wintergarten hinübersehen, dort brannten zwei Laternen, und die gaben uns Licht. Vom Himmel legte sich noch der matte Schein des Herbstabends dazu. Das Gesicht meiner Mutter war weiß und ebenmäßig, und es schwebte meinem gegenüber wie ein Spiegel. Wenn sie sprach, bewegte sich ihr Mund so wenig, daß ich im Halblicht keinen Unterschied zu ihrem Schweigen erkennen konnte.

Sie hatte die Repeattaste gedrückt, die Nummer war abgespielt und begann von neuem.

»Er ist wunderbar«, sagte sie und preßte mit ihrer rechten Hand die linke auf die Tischplatte nieder.

»Man muß doch einem Sänger abnehmen, was er singt«, sagte ich. »Zumindest glaube ich, daß er will, daß man es ihm abnimmt. Oder nicht?«

»Ich nehme es ihm ab. Um so mehr, weil er so alt ist. Vielleicht erinnert ihn dieser Song an seine Jugend. Darf er das wenigstens, sich an seine Jugend erinnern?«

Ich schnitt eine feine Scheibe Schwarzbrot ab, entfernte die Rinde, strich Butter darauf, und zwar so, daß die Butter bis zum Rand gleich hoch war, dick Butter. Darauf legte ich eine Scheibe Emmentaler und darüber eine Scheibe Schinken. Ich teilte das Brot in sechs briefmarkengroße Happen und reichte ihr den Teller hinüber.

»Früher habe ich den Delta-Blues nicht so gern gehabt«, sagte sie. »Ich habe Muddy Waters gemocht und Howlin' Wolf und Buddy Gay, den Chicago-Blues. Sunny Boy Williamson. Und natürlich John Lee Hooker. Am ehesten noch Lightnin' Hopkins. Nicht einmal Robert Johnson besonders.«

Ihre linke Hand verkrampfte sich wieder zur Faust. Alles, was ich weiß, ist, daß bei der Geburt des letzten Kindes etwas passiert war und daß ihre ganze linke Körperhälfte eine Zeitlang gelähmt war und daß am Ende ein gelähmtes linkes Bein und eine schwer beeinträchtigte linke Hand übriggeblieben waren.

Nach einer Pause, während der sie so nachdenklich dreinblickte, als müßte sie eine Entscheidung fällen, sagte sie: »Ich konnte akustische Gitarren überhaupt nicht leiden. Das ist es. Das fällt mir jetzt ein. Daß es an den akustischen Gitarren gelegen hat und nicht daran, ob es Delta-Blues oder Chicago-Blues war. Darum habe ich auch den frühen Dylan nie besonders gemocht. Und die ganze Folklorescheiße. Lightnin' Hopkins ist zwar auch eher Delta-Blues, aber elektrisch.«

Johanna hatte mir erzählt, sie könne sich erinnern, daß wir alle zusammen im Wintergarten gesessen seien und die Mama hätte auf der Gitarre gespielt. Ich weiß nichts davon. Es gibt keine Gitarre in unserem Haus. Vielleicht hat er sie in den Bodensee geschmissen, nachdem seine Frau nicht mehr auf ihr spielen konnte. Wäre verständlich und sympathisch.

»Warum bist du krank?« fragte ich.

Sie hob den Kopf mit einem Ruck, und mit einem weiteren Ruck drehte sie ihn von mir weg zum Fenster. »Was meinst du?«

»Warum kannst du nicht gehen?«

»Das weißt du doch.«

»Ich weiß es eben nicht genau«, sagte ich leise.

Vor den Launen meines Vaters habe ich mich nie gefürchtet. Seine Wildheit war opportunistisch, pure Regellosigkeit. Die ihre war gewaltsam erstickte Sehnsucht. Ihre Wildheit war immer Ersatz. Davor mußte man sich fürchten. Wenn sie nämlich Ersatz für ein ganzes Leben wurde, dann war der Tod das Ziel.

»Du weißt es genau«, sagte sie.

»Woher soll ich es genau wissen«, sagte ich. Ich sagte es so leise, daß ich nicht erwarten konnte, sie würde es hören.

Sie seufzte und atmete noch einmal tief nach, als bekäme sie nicht genug Luft. Ihr Atem wehte ihren Geruch zu mir. Ich kann nicht sagen, wonach sie roch. Sie roch nach meiner Mutter. Und wenn alles, was ich weiß, wieder einmal erlogen ist, schoß es mir durch den Kopf. Ich hätte nichts dagegen gehabt, wenn ich aus der Luft aufgegriffen und abgesetzt worden wäre in dem Land, von dem der alte Sänger sang.

Ich hatte vergessen, die Laternen im Wintergarten auszuschalten. Ich wünschte, ich hätte es nicht vergessen. Wir würden friedsamer miteinander gesprochen haben, wenn unsere Gesichter im Dunkeln verborgen gewesen wären. Was machen wir mit der Wäsche, dachte ich. Ich halte es ja aus, eine Woche dieselben Sachen anzuziehen, aber sie wird es nicht aushalten. Und wenn wir tatsächlich nicht nur eine Woche unterwegs sein werden, sondern drei Wochen oder einen Monat oder noch länger, nach Spanien zum Beispiel und über Gibraltar nach Afrika, falls das möglich ist, oder nach Italien und über Sizilien nach Afrika, zwei Monate, drei Monate, ein halbes Jahr oder ein paar Jahre?

»Er hat doch oft mit euch darüber gesprochen.«

»Mit mir nie.«

»Du kannst einen verrückt machen, Wise!« fuhr sie mich an. »Was ist eigentlich los mit dir? Entweder du machst ihn besser, als er ist, oder du machst ihn schlechter. Ich will nicht darüber reden. Wir sind eine Familie, und mir ist das passiert, und jetzt sind wir nur noch in einem gewissen Sinn eine Familie.«

»Das verstehe ich wieder nicht«, sagte ich.

»Es ist nicht schlimm, wenn du das nicht verstehst. Ein Familienleben erfordert gemeinsame Geheimnisse, wenigstens ein gemeinsames Geheimnis, selbst wenn die Tatsachen alle haarklein bekannt sind.«

»Gut«, sagte ich.

Ich schnitt Tomaten und Mozzarella auf, legte die Scheiben rot weiß rot weiß auf einem Teller hintereinander, streute ein wenig trockenes Basilikum darüber und goß von dem neuen Olivenöl dazu, und zwar so viel, daß der ganze Teller schwamm. Ich wußte, das mochte sie.

»Aber Johanna hat doch mit dir darüber gesprochen«, sagte sie.

»Sie hat nur gesagt, es sei gewesen beim letzten Kind, und das sei gestorben nach der Geburt.«

»Also, dann weißt du es ja.«

»Stimmt«, sagte ich.

Mississippi John Hurt sang nun schon zum neunten oder zehnten oder elften Mal *Corrina, Corrina* oder schon zum zwanzigsten Mal.

Nach einer Weile sagte sie, und zwar in einem Tonfall, als gebe sie zu, einen Hunderter geklaut zu haben: »Na ja, bei der Geburt ist mir eine Ader im Kopf geplatzt. Es gibt Leute, die kriegen einen Gehirnschlag beim Scheißen, weil sie Verstopfung haben und so fest drücken. Das ist gar nicht so selten, da kannst du den Dr. Bösch fragen. Ruf ihn an! 74343. Elvis zum Beispiel. Ich habe so etwas eben bei einer Geburt gekriegt. Das ist auch nicht so selten. Es ist vielleicht edler als beim Scheißen, aber es läuft auf dasselbe hinaus.«

»Das wußte ich nicht.«

»Jetzt weißt du es.« Und dann fragte sie: »Wie sind Frankas Eltern?«

»Kann ich nicht sagen.«

»Aber du kennst sie doch.«

»Kann ich trotzdem nicht sagen.«

»Ist ihre Mutter netter als ich?«

»Spinnst du«, sagte ich und beugte mich über den Tisch zu ihr hin und steckte meine Nase neben ihrem Ohr in ihr Haar. Dort roch es nur nach Seife, und wenn ich die Augen öffnete, schimmerte ein Licht durch ihr Haar, wie wenn Licht durch ein Federbett schimmert.

»Weißt du, was eigenartig ist«, sagte sie und legte ihre gesunde Hand auf meine Wange, strich mit ihrem Zeigefinger über meine Haut. »In meinen Träumen kann ich gehen. Ich habe noch nie geträumt, daß ich einen Stützapparat trage oder an Krücken gehe oder im Rollstuhl sitze. Meine Träume haben eine ziemlich lange Leitung. Ich träume davon, was ich gestern gemacht habe, nur daß ich im Traum alles mit gesundem Bein und gesunder linker Hand mache. Es bedeutet vielleicht etwas. Manchmal habe ich Angst, bevor ich ins Bett gehe, daß ich in dieser Nacht zum ersten Mal von mir als einem Krüppel träume. Ich habe nie so etwas geträumt. Nur saubere Träume. Sicher bedeutet das etwas. Vielleicht die Möglichkeit eines Happy-Ends. Aber ich will es mir nicht deuten lassen. Dein Vater ist ganz verrückt danach, Träume zu deuten. Früher war er verrückt danach. Wie vierzehnjährige Mädchen verrückt danach sind, ihren Brüdern die Pickel auszudrücken. Er steht mitten im Feld, wo der Rollstuhl steckenbleibt, steht mitten im Acker mit flatternden Hosenbeinen und will mir einen Traum deuten! Das ist Vernünftigkeit, die an Verrücktheit grenzt! Wenn es nach mir ginge, dann würde Chuck Berry einen Orden bekommen oder einen Ehrendoktor für Medizin. Für meine Gesundheit jedenfalls hat er mehr getan als Hoffmann-La Roche. Weißt du, Wise, erst allmählich begreife ich, daß ich geworden bin, was ich früher als junge Frau immer sein wollte, nämlich eine Ausnahmeerscheinung. Seit zehn Jahren kann ich nicht mehr gehen, und jetzt erst begreife ich es allmählich. Das aufgeregte Gerede von Befreiung und Solidarität geht mich nichts mehr an. Das ist Sache der Freien, die der Solidarität nicht bedürfen. Weißt du, was mir in letzter Zeit manchmal einfällt? Ich glaube fast, es ist die erste Erinnerung in meinem Leben. Ich bin in einem Haus aufgewachsen, in dem es keine Treppen gab. Ein Bungalow ohne Keller. Einfach auf eine Betonplatte in die Wiese gesetzt. Und dann haben wir jemanden besucht. Ich weiß nicht mehr, wen. Ich weiß auch nicht, wer dabeigewesen ist. Ob mein Vater noch da war oder ob der damals schon weg war. Keine Ahnung. Wir waren also auf Besuch, ich vielleicht vier Jahre alt, schätze ich, und in diesem Haus gab es eine Treppe, ein normales Haus mit Treppe. Ich wurde die Treppe hinaufgeführt, drei Stufen, dann durfte ich allein gehen. Ich war nie vorher Treppen gestiegen, und das Klettern von Stufe zu Stufe erschien mir aufregend und gefährlich. Ich dachte, das möchte ich von nun an öfter haben. Ich hatte das Gefühl, etwas Besonderes zu sein. Richtig müßte ich wohl sagen, ich hatte den Wunsch, etwas Besonderes zu sein. Bis vor zehn Jahren war ich nichts Besonderes. Aber seither bin ich etwas Besonderes. Das mußt du doch zugeben. Gibs zu! Ich falle aus unserer Demokratie heraus, und etwas viel Besseres habe ich mir nie gewünscht. Denn von unserer Demokratie ist nichts weiter übrig als eine Garantie auf das Mittelmaß. Das hat Johanna gesagt. Eben erst vor ein paar Tagen. Solche Dinge versteht sie auszudrücken. Ich glaube ihr und bin ihr dankbar, daß sie so eine Formulierung gefunden hat. Daran kann ich mich festhalten und dann einen angenehmen Tag zusammenkriegen. Die ganze Traumdeuterei läuft darauf hinaus, daß am Ende etwas Unangenehmes herauskommt. Hast du jemals von einem Traum gehört, der bedeutet, daß einer eine besonders glückliche Kindheit gehabt hat? Ich noch nie. Alles nur Scheiße. Vielleicht wird die Seele trüber, wenn man nicht an ihr herumdeutet. Aber auch wärmer.«

»Sag bitte nicht so oft Scheiße, wenn wir in Gießen sind.«

»Es würde besser zu *ihm* passen, meinst du. Aber er sagt es nicht, er ist vornehmer als ich.«

»Er ist nicht vornehm«, sagte ich.

»O doch!«

»Ich kenne niemanden, der weniger vornehm ist als er.« Ich setzte mich zurück auf meinen Sessel, streckte die Beine weit von mir in die Küche hinein.

Sie stöhnte ein wenig vor Anstrengung. »Ich weiß, was du jetzt sagen willst. Sags nicht! Es ist dumm, was du sagen willst.« – Wo zwei Linoleumbahnen aufeinandertrafen, wölbte sich der Belag nach oben. Ich hatte nur Strümpfe an, und ich konnte mit den Zehen spüren, daß der Spalt dazwischen voll Dreck war. – »Du hast keine Ahnung«, sprach sie weiter. »Von ihm nicht. Und von mir nicht. Du weißt nicht, was uns glücklich und was uns wütend macht, und du weißt in beiden Fällen nicht, wie du dich verhalten sollst. Das ist ein guter Rat, den ich dir gebe: Sobald du dir einbildest, du wüßtest etwas über uns, vergiß es und sag rasch: Ich habe keine Ahnung. Damit kommst du der Wahrheit am nächsten. Kapiert?«

»Ihr macht euch entsetzlich interessant, ihr beiden«, sagte ich und erschrak über den niederträchtigen Ton, in dem ich es gesagt hatte.

Ein langes, unruhiges Schweigen begann sich zwischen uns zu spinnen, schnell und dicht wie ein Dialog in einem Schwarzweißfilm. Von der Straße her hörten wir einen Lastwagen, der einen Gang zurückschaltete, bevor er über die Kanalbrücke setzte. Die Straße war abgesunken, und eine kantige Bodenwelle hatte sich gebildet. Seit ich auf dieser Welt denke, war das so. Wenn ich nachts im Bett lag und nicht schlafen konnte, habe ich die Autos gehört, deren Besitzer sich ihre beneidenswerten Sorgen um die Stoßdämpfer machten. Vielleicht war es kein guter Gedanke, mit ihr nach Gießen zu fahren, dachte ich.

»Wenns nach ihm ginge, würden wir nur Bach und Mozart hören«, sagte sie endlich. »Und ich würde verrückt werden! Zum Glück bin ich ein Tyrann.«

Ich hatte nicht auf ihr Gesicht geachtet und sah nun die Schwarzweißversion ihres Lächelns. Ich streckte meine Hände nach ihrem Gesicht aus. Sie boxte mich von sich weg, und dann schob sie die übrigen Happen und die Tomaten und den Mozzarella auf ihrem Teller eng zusammen. Gegessen hatte sie wie eine Amsel.

Zur Gutenacht gaben wir uns die Hand. So schmal war ihre, seidig kühl und einschüchternd zart! Wie wenn man in Mehl faßt.

Siebtes Kapitel

Wir fuhren durch Deutschland und hatten nichts zu tun mit den Städten, an denen wir anstreiften, die wir bei Tageslicht nicht einmal wahrnahmen und die uns in der Nacht in ihrer leuchtenden Feierlichkeit nicht abzulenken vermochten. Wenn wir im Auto saßen, waren wir gleich. Zwei, die sitzen.

An Gießen fuhren wir vorbei. Ich sagte nicht ein Wort. Sie fragte nicht. Sie blickte auf die Abfahrtschilder und fragte nicht.

Bei Fulda sahen wir den weißen Berg. Er schimmerte in der Nachmittagssonne, aus der Entfernung wirkte er wie eine Photomontage, wie er aus dem flachen Land ragte, wie ein riesiges weißes Festzelt mit zwei ungleich hohen Masten.

»Was ist das?« fragte sie

»Der weiße Berg«, sagte ich.

»Heißt er so?«

»Ich weiß es nicht. Er ist künstlich. Ich weiß nicht, ob er überhaupt einen Namen hat.«

Ich hatte ihn bisher erst einmal gesehen, als Franka und ich am ersten Mai nach Hamburg oder Berlin hatten fahren wollen, aber noch vor Kassel umgekehrt waren, weil wir uns ausgerechnet hatten, daß unser Geld für Benzin nicht reichen wird.

»Können wir zu ihm hinüberfahren?«

»Möchtest du ihn sehen?«

»Vielleicht doch nicht. Oder schon.«

Bei der nächsten Abfahrt dachte sie bereits an etwas anderes. Ich sagte nichts, weil ich sie nicht stören wollte. Vor Kassel wechselte ich auf die Autobahn in Richtung Dortmund.

»Kennst du Amsterdam?« fragte ich.

»Klar.«

»Willst du hin?«

»Wenn du meinst«, sagte sie.

Bei Soest verließen wir die Autobahn. Es war bereits dunkel. Zuerst wurde das Grüne schwarz, dann folgte alles andere. Wir nahmen zwei Zimmer in einem Motel. Der Toyota war eingeklemmt zwischen Sattelschleppern. Ein Parkplatz wie ein Strand, auf dem Wale lagen.

In ihrem Zimmer haben wir uns einen halben Film im Fernsehen angeschaut. Wir schichteten Zudecke und Kopfkissen über dem Bett an die Wand und setzten uns nebeneinander. Ihr Koffer lag auf dem Sessel aus Peddigrohr. Die Lampe an der Decke war aus falschen Palmenblättern gedreht.

»Ich war nie in Amerika«, sagte sie. Im Film war Amerika.

Als sie fror, holte ich meine Decke aus meinem Zimmer und legte sie über sie, deckte sie zu bis zum Hals. Steve Martin spielte einen weißen Neger, aber ich nahm es ihm nicht ab. Vielleicht lag es ja an der Synchronstimme. Bevor ich in mein Zimmer ging, bat sie mich, das Fenster schief zu stellen. Der Geruch von heißgelaufenen Bremsen drang herein. Ich hörte einen Mann und eine Frau lachen, und ich sah eine verchromte Stoßstange, an der ein Licht entlangglitt.

Am nächsten Morgen war ich schlecht gelaunt, ich hatte Durst, und nur lauwarmes Wasser war da, und ich habe mich dauernd verfahren auf dem Autobahngewirr durch das Ruhrgebiet, an der Sonne merkte ich schließlich, daß wir nicht nach Holland, sondern auf derselben Autobahn fuhren, auf der wir gekommen waren, nur in die andere Richtung, nach Osten statt nach Westen, nach Kassel statt nach Arnheim.

»Laß doch«, sagte sie. Ihr war alles recht.

Bei Hamm fuhr ich von der Autobahn ab. In einer Koppel standen Pferde, sie hatten die Köpfe nahe beieinander und schauten uns nach. Meine Mutter drehte sich nach ihnen um. Ich fuhr nicht schneller als achtzig, obwohl hundert erlaubt war. Im Rückspiegel sah ich, daß uns die Pferde noch lange nachblickten.

Wir fuhren an einer Siedlung aus frischen grauen Betonhäuschen vorbei, die sicher nett aussehen würden, wenn sie erst mit Dispersion gestrichen waren und ihre Fenster Vorhänge hatten. Wir zockelten nach Nordosten über die Landstraßen und über den Teutoburger Wald. Einmal hielten wir an, weil eine schöne Aussicht angekündigt war. Felskuppen erhoben sich wie Fingerknöchel aus dem Wald. Bei der Stadt Melle fuhr ich auf die E 30 und gab Gas, weil ich in Hannover sein wollte, bevor die Sonne unterging. Aber wir schafften es nicht.

»Bist du müde?« fragte ich.

»Ich weiß es gar nicht«, sagte sie.

In einem Dorf vor Hannover stiegen wir in einem Gasthof ab. Wir bekamen ein großes Zimmer, in dem zwei Betten standen, so weit auseinander wie nur möglich. Die Wirtsleute waren sehr freundlich, sie überließen meiner Mutter ihr Privatbad. Sie standen da, mit nervösen Händen, und schauten zu, wie ich sie über die Treppe hinauftrug. Gebadet habe sie nicht, sagte sie hinterher, aber sich ausgiebig gewaschen. Das dauert bei ihr eine gute Stunde. Sie wollte sich nicht helfen lassen. Sie war zu erschöpft, um ihre Sachen zu sortieren und die Hose über den Bügel zu hängen.

»Ich mach das doch«, sagte ich.

Ich war zu lang für das Bett, konnte die Beine nicht ausstrecken und folglich nicht auf dem Bauch liegen. Wir löschten das Licht viel zu früh. Ich schaffte es nicht einzuschlafen. Sie auch nicht. Sie war es nicht mehr gewohnt, mit jemandem in einem Zimmer zu liegen.

»Erika?« sagte ich.

»Was denn?«

»Stört es dich, wenn ich hinausgehe?«

»Was heißt hinaus?«

»Vor die Tür? Vors Haus?«

»Und wie lange?«

»Wie lang willst du?«

»Gib mir eine Stunde«, sagte sie.

Ich zog mich an und ging nach unten. In der Gaststube hing eine Uhr, es war kurz nach zehn. Keiner saß hier. Niemand war da. Es roch nach Wurst und Schnittlauch und Bier. Ich trat hinaus auf den gekiesten Platz vor dem Haus. Mein Toyota war der einzige Wagen. Auf der anderen Seite der Straße standen drei Häuser, kubisch, klotzig mit steilen Walmdächern. Die Fenster waren erleuchtet, in einigen zuckte das blaue Licht eines Fernsehers. Es war still. Ich hätte stehen und warten mögen, bis sich eine Sternschnuppe vom Himmel losriß und ich mir etwas wünschen konnte. Zum Beispiel eine sanfte Version von Gerechtigkeit. Mir hätte schon genügt, wenn durch eine Art Naturgesetz manchen Sprichwörtern eine gewisse Zutrefflichkeit garantiert worden wäre. Es wird nichts so heiß gegessen wie gekocht. Oder: Wer zuletzt lacht, lacht am besten. Oder: Ende gut, alles gut. Von Ferne hörte ich das Rauschen eines Lastwagens, ich hoffte, es würde näher kommen, aber es erlosch. Eine warme Woge wehte mich an. Bei uns wäre das ein Vorbote des Föhns gewesen. Hier bedeutete es wahrscheinlich etwas anderes.

Ich ging zurück und setzte mich an einen der Tische. Auf dem Tresen waren Illustrierte eines Lesezirkels gestapelt. Ich nahm *Quick*, *Stern*, *Daheim*, *Gong* und den *Spiegel*. Die Wirtin kam über die Treppe herunter, verzog den Mund, ihr Lächeln formte sich nur langsam, sie griff sich in die Locken und sagte, wenn ich wolle und ein paar Minuten warte, würde sie mir gern eine Kleinigkeit zu essen machen.

»Nur eine Cola, bitte«, sagte ich.

Ich blätterte die Illustrierten durch und erfuhr allerlei.

Knapp vor Mitternacht schlich ich mich ins Zimmer zurück und legte mich unter die dicke Federdecke.

Die Mama hatte nicht einschlafen können. Wir unterhielten uns eine Weile. Dann probierten wir es wieder. Und dann unterhielten wir uns wieder.

»He!« sagte ich.

»Was ist?« sagte sie.

»Hast du irgendwann Gitarre gespielt?«

»Wie denn?«

»Vorher.«

»Nein.«

»Johanna behauptet, daß sie sich erinnert, daß wir alle im Wintergarten gesessen sind, und du hast Gitarre gespielt.«

»Dann behauptet sie etwas Falsches.«

»Aha.«

»Tut das bitte nicht!«

»Was denn?«

»Euch ein Bild von mir machen, wie ich vorher war. Daß am Ende weiß der Himmel was erzählt wird, wo ich selber nicht mitkann. Ich bin zwar ein Krüppel, aber ich bin deswegen noch keine Märchenfigur.«

»Hör auf, bitte!«

»Ich hätte gern E-Gitarre gespielt. Aber eine Frau an der E-Gitarre ist etwas Kurioses.«

»Finde ich überhaupt nicht.«

»Nur noch kurioser sind Männer, die das überhaupt nicht finden. Jetzt würde das zwar keine Rolle mehr spielen. Aber jetzt kann ich es nicht mehr.«

»Bitte, hör auf, Mama!«

Und mit der Gewalt ihres Kummers fragte sie: »Was bin ich für dich?«

»Mama«, sagte ich, »du bist mir das Liebste auf der Welt, du warst für mich immer das Wichtigste auf der Welt.«

»Und ich bin also nicht«, sagte sie, »ein fleischloses, seelenloses Kunstwesen?«

Ich stellte mir ihr Gesicht vor: leergefegt von allen Emotionen, eine porzellanene Schale. Ich hatte die Rouleaus heruntergelassen, weil vor unseren Fenstern eine Straßenlaterne stand. Alles war schwarz. Ein tiefes schwärendes Loch von Scham. Und die Worte sind zäh in unserem Mund.

»Bitte, hör doch auf!«

Am nächsten Tag fuhren wir an Hannover vorbei und hinter Hannover auf die Autobahn nach Hamburg.

Den Rollstuhl hatte ich in den Kofferraum gelegt, damit ich bequem die Lehne ihres Sitzes nach hinten klappen konnte, wenn sie mittags eine Stunde schlafen wollte. Ich lenkte den Toyota von der Autobahn auf einen Parkplatz und deckte sie mit der Wolldecke zu, preßte und rollte ein Kissen und schob es ihr in den Nacken. Der Motor tickte leise beim Abkühlen. Wir waren die einzigen und hatten mit niemandem etwas zu tun. Wenige Wolken standen am Himmel, manche mit schweren, grauen Bäuchen.

Der Platz war mit jungen Bäumen bepflanzt, die ich nicht kannte, immergrün mit langen, mageren Stämmen und fedrigem Blätterwerk. Von Wipfel zu Wipfel waren Kabel mit Glühbirnen gezogen. Zwischen den Bäumen standen steinerne Tische und Bänke, eine Feuerstelle war da und ein Schachbrett für lebensgroße Figuren, daneben eine Holztruhe, an der ein Vorhängeschloß hing. Das Haus von Königen und Damen, von Läufern und Springern, Türmen und Bauern.

Während sie schlief, setzte ich mich an den niederen Erdwall, der den Parkplatz von einem Acker trennte. Der war bereits winterfertig umbrochen und dehnte sich bis zum nahen Horizont. Die Autobahn vor mir dröhnte, aber ich fühlte mich von Stille eingeschlossen. Ich war der Wächter meiner Mutter. Alles andere ging uns nichts an.

So saß ich und wurde bald auch müde und starrte vor mich hin und versank in mich selbst. Ich knickte eine Coladose auf und stieg auf den Wall. Ich lauschte auf den Dopplereffekt der vorbeirasenden Autos und schaute auf das himmelgraue Band der Autobahn, das über die Landschaft gelegt war wie ein Fliegenfänger. Ich trank die Dose leer und drückte sie in der Hand zusammen, was ein gutes Gefühl war und erst am Ende nicht mehr, weil sich das Aluminium zu scharfen Kanten verformte.

Als ich vor einem Jahr im Zug von Wien nach Gießen gefahren war, hatte ich eine verwunderliche Sache beobachtet. Es war hinter München gewesen, der Zug hatte auf offener Strecke gehalten, da bewegte sich neben dem Bahndamm ein Lastwagen über das Feld. Ich saß im Speisewagen, alle Passagiere schauten wie ich zum Fenster hinaus. Der Laster hatte Schweine geladen. Er blieb stehen, aber der Fahrer stieg nicht aus. Er schaute auch nicht zu uns herüber, es mußte ihm doch merkwürdig erscheinen, wenn ein Zug so nahe neben ihm auf offener Strecke hielt, aber er schaute nicht herüber. Der Kipper des Lasters hob sich langsam, und die Schweine rollten wie pralle Säcke von der Ladefläche. Die Fenster des Waggons ließen sich nicht öffnen, so war die Szene für uns stumm. Die Schweine fielen übereinander, der Laster setzte seine Fahrt mit hoch aufragendem Kipper fort. Erst liefen die Schweine durcheinander, dann sammelten sie sich, standen eng zusammen und schauten dem Lastwagen nach. Zwei Männer neben mir spotteten über die Schweine, als hätte man Kontakt zu dem Fahrer und wäre sein Kumpel. Als wüßte man alles. Aber niemand wußte etwas.

Ich erinnere mich nicht mehr, was die beiden sagten, aber ich fand es lustig, und ich sagte auch etwas, was die beiden Männer lustig fanden. Und dann fuhr unser Zug weiter. Ich verließ den Speisewagen, lief zum letzten Waggon und schaute durch das Fenster der verriegelten Tür auf die Geleise. Von den Schweinen und vom Laster war nichts mehr zu sehen. Das Land lief schnell nach hinten weg in den Abend hinein, und sein Rücken hob sich. Im Speisewagen war eine gute Laune, als ich zurückkehrte, und sie hielt lange an, bis hinter Nürnberg.

Einmal sagte Franka, sie glaube nicht, daß es Dinge gibt, die wir nicht verstehen, sondern nur Dinge, die wir *noch* nicht verstehen. Da habe ich ihr die Geschichte mit den Schweinen erzählt. Und ich erzählte, daß Abend gewesen war und ich darüber nachgedacht hatte, was die Schweine in der Nacht tun, denn die Angst des Verlassenseins kennen Tiere bekanntlich ja nicht …

Ich ging ein Stück auf einem Weg in den Acker hinein. Schon nach wenigen Schritten wurde es ruhiger um mich her. Masten von Überlandleitungen ragten vor mir auf, sie waren y-förmig, und an ihren Drähten hingen zur Warnung an Tiefflieger leuchtend orangefarbene Plastikkugeln. Wie im Fernsehen. Ich hatte Jimi Hendrix' *All Along the Watchtower* im Kopf. Hör mich an, sagte der Song, und verlaß dabei nicht deinen sicheren Posten! Sagte: Traurigkeit gilt immer und für jeden. Es ist nichts dabei. Und überall gilt sie obendrein. Sogar in Deutschland.

Auf den Drähten zwischen den orangefarbenen Kugeln saßen Vögel. Aus den knarrenden, geschwätzigen

Vogelstimmen schloß ich, daß es Stare waren. Sie sammelten sich. Eine Reihe erhob sich, machte Neuankömmlingen Platz, tauchte in Formation zum Boden, aber nur wenige verschwanden im Dunkel des Ackers, die meisten fuhren schreiend auf, ehe sie den Boden berührt hatten. Andere Vögel an einer anderen Stelle überließen ihnen den Draht. So war Ruhe und Bewegung, und ich hätte nicht aufhören wollen zuzuschauen. Es wird alles gut, dachte ich. Es wird so gut sein, daß man gar nicht sagen kann, wie gut es ist. Ich ging, bis ich die Hupe meines Toyota hinter mir hörte. Es klang wie von weit her.

Als ich über den Damm auf den Asphalt des Parkplatzes sprang, war ich außer Atem, und meine Stiefel waren lehmig. Ich klopfte ans Fenster, zeigte ihr, daß alles in Ordnung war, öffnete den Kofferraum, nahm den Rollstuhl und die Emailschüssel heraus. Sie schaltete den CD-Player ein, kurbelte das Seitenfenster herunter, Jimi Hendrix' Gitarre pumpte los. Ich zog den Rollstuhl auseinander, ließ die Streben einrasten, schob die Schüssel in die Schienen unter dem Sitz und entfernte das Sitzpolster. Dann öffnete ich ihre Tür. Während sie ihre Beine aus dem Wagen hob und den Stützapparat einschnappen ließ, breitete ich die Thermosflasche mit dem heißen Wasser vor, holte die Rolle Toilettenpapier und den Plastikbecher *Hakle feucht* vom Rücksitz. Ich riß einen Meter von der Rolle ab, faltete das Papier zusammen und bedeckte damit den Boden der Schüssel. Ich hatte den Toyota so geparkt, daß er den Blick von der Autobahn verstellte. Ich legte die Sachen neben sie auf den Boden und ging ein paar Schritte beiseite. Und wartete. Hendrix kehrte in seine Repeatschleife ein.

Drei Motorräder bellten vorbei. In der Feuerstelle lagen zertretene Aludosen, Heineken, Cola light. Die Gegenfahrbahn leuchtete kurz im Sonnenlicht auf.

Als sie mich rief, stand sie neben dem Rollstuhl und hielt sich an der Autotür fest. Sie stand, wie sie immer stand, aufrecht, die Beine eng beieinander.

»Ich habe Lust auf etwas Süßes«, sagte sie.

Auf dem Rücksitz hatten wir unser Depot. Ich gab ihr ein Bounty, selber nahm ich auch eines. Sie riß die Verpackung mit den Zähnen auf, ließ das Papier zu Boden fallen. Ich leerte die Schüssel aus und spülte mit heißem Wasser aus der Thermosflasche nach, sprühte Fensterputzmittel hinein und rieb sie mit Papier trocken.

»Da oben ist ein Acker«, sagte ich. »Und tausend Stare. Möchtest du sie dir anschauen?«

Sie schüttelte den Kopf. »Du solltest etwas trinken.«

»Ich habe eine Cola getrunken.«

»Du solltest etwas ohne Zucker trinken«, sagte sie.

»Das mach ich gleich.«

»Machs jetzt.«

»Ich machs jetzt.«

Sie ließ sich auf ihren Sitz nieder, entsicherte den Stützapparat und griff unter sich, wo eine Literflasche mit lauwarmem Mineralwasser lag.

Während ich trank, sagte sie: »Du bist dünn und lang, hast eine große Oberfläche und kannst nichts speichern.«

»Das ist richtig«, sagte ich. »Ich vergesse es immer.«

Dann ging ich mit ihr – zehn Schritte vom Auto weg, zehn Schritte zum Auto zurück.

Wir redeten nicht viel miteinander. Unsere Gespräche waren wie ein verwilderter Garten. Über meinen Vater redeten wir nur einmal. Ich dachte nicht an ihn. Ob sie an ihn dachte, weiß ich nicht. Es ist wahrscheinlich, daß sie an ihn dachte. Wir hörten Musik. Ausschließlich ihre Musik. Die ich aber auch mochte. Wir hatten den Player aus der Küche mitgenommen und zwei Handvoll Batterien. Wir waren gleich. Zwei Menschen, die im Auto sitzen. Sie schaute auf die Straße vor uns, nicht nach links, nicht nach rechts. Sie schaute zu, wie mein Toyota den Mittelstreifen verschluckte, nickte mit dem Kopf und bewegte ihr gesundes Knie im Rhythmus der Musik.

Am Tag hörten wir kräftigen Rock 'n' Roll, wenn die Sonne gegangen war, Blues, und wenn wir zum Fenster hinaus mit jemandem redeten, weil wir wissen wollten, wo eine Bäckerei ist oder ein Hotel, dann konnte niemand wissen, daß meine Mutter einen Stützapparat ans linke Bein geschnürt hatte und ihre kurzen Wege an Krücken ging und auf ihren langen Wegen von mir im Rollstuhl geschoben wurde. Ich glaube, niemand hielt sie für meine Mutter. Vielleicht für meine Bewährungshelferin. Und keiner wußte, daß sie fluchen konnte, denn sie fluchte nicht.

In diesen Tagen ist die Welt um uns herum auf eine angenehme Art zerbrochen und hat uns zu Teilen ihrer vergangenen Hälfte gemacht. Sie sagte, eine Jugendstimmung sei in ihr wiedergekehrt. Und ihr Gesicht war sanft und gleichgültig. Sie wollte nichts. Und ich habe mich anstecken lassen. Ich war gierig nach dieser Sorglosigkeit. Wie wenn ich mir eine neue Sucht zugelegt hätte. Nachts ließen die Armaturen den Raum im Wageninneren grünlich schimmern.

Das späte Herbstlicht vertrieb fast alle Farben bis auf die verschiedenen Rotschattierungen. Es gefalle ihr, sagte sie, wenn am Himmel noch Helligkeit sei, aber doch schon so wenig, daß die Autos das Licht anschalten müßten. Für diese knappe halbe Stunde hatte sie sich eine Dylan-CD ausgesucht. *My Back Pages*. Sie hielt den verdreckten Küchenplayer im Schoß, preßte ihre linke Hand darauf und hörte mit starrem Ausdruck zu. Formte manchmal ein Wort nach, schob den Unterkiefer vor, nickte zufrieden, wenn die Nummer zu Ende war. Und alles wieder von vorne begann. Dann war der Himmel schwarz, und ich verstaute den Player auf dem Rücksitz, und wir redeten.

Ich fuhr zu einer Tankstelle, zog uns zwei Brötchen mit kaltem Leberkäse aus dem Automaten oder ließ uns zwei Minipizzas im Mikrogrill heißmachen, und wir aßen im Toyota bei offenem Fenster. Dazu hörten wir Muddy Waters oder eine langsame Nummer von Stevie Ray Vaughan. Der alte Mann vom Mississippi machte die Frühstücksmusik für uns, Hendrix kam nach dem Mittagsschlaf an die Reihe.

Am dritten Tag kamen wir nach Hamburg. Wir stiegen in einem Hotel in der Nähe vom Dom ab, nahmen zwei Zimmer. Die Mama ist wie immer mit allem allein zurechtgekommen. Am Abend führte ich sie im Rollstuhl über den Dom. Das ist ein Rummelplatz wie der Prater in Wien. Wir aßen gebrannte Mandeln, sie mehr als ich. Ich schoß ihr eine rote Plastikrose. Sie klinkte den Stützapparat ein, stand aus dem Rollstuhl auf, nahm das Gewehr in die rechte Hand, legte den Lauf auf den linken Handrücken. Aber dann war sie sich zu unsicher, hatte Angst, sie werde fallen, vertraute mir nicht. Ich habe noch einmal geschossen, aber diesmal nichts getroffen. Wir gingen ins Hotel zurück, weil sie Durst hatte. Wir haben gut geschlafen in der Nacht.

Den nächsten Tag wollten wir in Hamburg verbringen.

Es war ein sonniger Tag, aber windig. Ich schob den Rollstuhl über den breiten Fußweg an der Elbe. Die Mama trug die neue Daunenjacke, bisher war das nicht nötig gewesen. Wir schauten auf die Frachtschiffe, die an den Kais anlegten. Ich wäre gern dort drüben gewesen, nichts Überflüssiges schien mir auf diesem Streifen Land zu sein, Lagerhäuser, dazwischen braunes, gelbes Ödland, nie geschont, nie bebaut. Wir zählten die Stockwerke der Passagierdampfer. Ich kaufte uns zwei *Cornettos*, ein Erdbeer für sie, ein Nuß für mich. Wir setzten uns in die Sonne und schauten aufs Wasser. Skateboardfahrer flitzten an uns vorbei. Ich hatte der Mama die Decke aus dem Toyota um Hüfte und Beine geschlagen, die linke Hand zog sie in den Ärmel. An der linken friert sie gern. Möwen flogen gegen den Wind, sie kamen nicht vom Fleck, bewegten ihre Flügel ruhig und sicher, als ginge die Reise mit Hui dahin. Plötzlich kippten sie zur Seite und schossen mit dem Wind davon.

Am Ende meines glücklichen Tages in Wien, an dem ich nichts anderes getan hatte, als aus dem Fenster von Johannas Wohnung zu schauen, waren Raben und Krähen durch das Wiental stadtauswärts geflogen. So viele waren es, und in so kurzer Zeit zogen sie vorüber, daß ich im ersten Augenblick dachte, es sei etwas passiert. Wobei ich keine Ahnung hatte, was passieren könnte, daß Hunderte Vögel im engen Haufen über die Stadt fliegen. Wie immer wußte Johanna die Antwort. Die Vögel der Stadt hatten ihre Schlafplätze draußen in den Bäumen um den Steinhof. Tausende Vögel, sagte sie. Wie schwarze Früchte säßen sie in den Ästen. Der Steinhof ist das Irrenhaus der Stadt. Ob die Erbauer denn nicht informiert gewesen seien, daß dort die Vögel schlafen, fragte ich Johanna. Die Vögel schaden den Patienten ja nicht, sagte sie. Aber ich dachte an die Mama und was wohl in ihr vorgegangen wäre, wenn sie plötzlich so viele schwarze Vögel am Himmel gesehen hätte. Es war mir damals nicht erlaubt worden, sie in der Heilanstalt zu besuchen. Man hatte dem Herrn Fink dringend davon abgeraten, seinen unmündigen Sohn mitzubringen. Genauso hatte er es mir mitgeteilt. Über ihre Zeit in der Anstalt hat sie nie gesprochen, jedenfalls nicht mit mir und mit Johanna auch nicht. Es war ein Geheimnis, auch wenn die Tatsachen alle haarklein bekannt waren. Der Tagesablauf war transparent und offiziell. Suizidgefährdeten war keine Möglichkeit gegeben, sich zu verbergen. Vielleicht hat sie jemanden kennengelernt, der sich auch hatte vergiften wollen. Dem die Liebe so wichtig war, daß es ihn nicht störte, eine halbseitig Gelähmte zu umarmen. Ob das Personal heimlich solche Kontakte förderte? Weil Umarmung gesund ist? Der Herr Fink hätte sicher Verständnis dafür gehabt.

Die Mama hob mir ihren Kopf entgegen, streckte die Hand nach meiner aus und lächelte. »Ich habe früher nichts lieber getan, als so dazusitzen wie jetzt und die Leute zu beobachten. Tust du das auch gern?«

»Ich vergesse leider sehr schnell, was um mich herum vorgeht«, sagte ich.

Schräg vor uns auf der Mauer saßen zwei junge Frauen, die eine hatte einen blauen Pullover mit dem Emblem einer amerikanischen Universität über die Schultern gelegt, sie redete auf die andere ein, erzählte ihr etwas Spaßiges. Mir kam vor, sie machte jemanden nach. Die andere lachte. Ihr Gesicht konnte ich sehen, es war kontrastreich. Sie bewegte beim Lachen ihre Schultern in einem überdeutlichen, schwerfälligen Rhythmus.

»Ich glaube, ich weiß, was sie denkt«, sagte ich.

»Was sie denkt, weiß ich nicht«, sagte die Mama, »aber ich mag nicht, wie sie lacht.«

»Ich weiß, was diese Art von Lachen meint«, sagte ich.

»Was meint es denn?«

»Sie bekommt eine Geschichte erzählt, über einen Freund, schätze ich, auf jeden Fall ist dieser Freund wichtig für sie, das heißt, sie möchte, daß sie zu seinem engeren Kreis gehört, zumindest möchte sie, daß die andere das glaubt. Darum lacht sie so, das soll heißen: Ach, der Dings, das ist typisch für ihn! Du, die du mir diese Geschichte über ihn erzählst, ahnst gar nicht, wie typisch das für ihn ist. Du ahnst es nicht, weil du ihn nämlich nicht so gut kennst wie ich, die ich zu seinen allerengsten Vertrauten gehöre.«

»Das siehst du in ihrem Lachen?«

»Weil sie beim Lachen die Schultern so träge bewegt und den ganzen Oberkörper mit. Sie will, daß die andere eifersüchtig wird.«

Wir gingen zu einer Stelle, wo mehr Leute waren, und haben über den einen oder anderen in ähnlicher Weise geredet. Vom Wasser herauf roch es nach morschem Holz und Dieselöl. Ich solle die Körpersprache dieser Leute interpretieren, sagte die Mama.

»Wir machen es abwechselnd«, sagte ich.

Sie wollte das nicht. Sie wollte zuhören und meine Auslegungen beurteilen.

Später besorgte ich uns eine große Portion Kebab und Coca-Cola ohne Eis in Pappbechern. Sie zupfte sich Salat und Fleisch aus dem zusammengefalteten Brotfladen und fragte: »Hast du ein Geheimnis?«

»Du meinst vor dir?«

»Allgemein.«

Ich habe die Frage sehr ernst genommen und lange nachgedacht. Ich antwortete ihr.

»Ein Beispiel«, sagte ich. »Ich habe *Independence Day* im Kino gesehen, und da kommt eine Stelle vor, wo ein alter Jude zu seinem Sohn sagt, er habe schon lange nicht mehr mit Gott gesprochen, und da dachte ich, ich habe noch nie mit Gott gesprochen, und ich nahm mir vor, es zu tun.«

Sie dachte genauso lang über meine Antwort nach wie ich über ihre Frage. »Und was ist daran das Geheimnis?« fragte sie schließlich.

Auf dem Weg ins Hotel sind wir Zeugen eines Zwischenfalls geworden. Ich hatte die Mama im Rollstuhl über die Treppe bei der Schiffsanlegestelle gehievt – was ich nicht hätte tun müssen, denn da war ein Lift, und es hat mich auch jemand darauf aufmerksam gemacht –, und als wir an der Straße auf eine grüne Ampel warteten, sahen wir zwei Männer in schwarzen Anzügen und offenen feierlichen Krawatten aus dem Gebäude der Anlegestelle kommen. Sie waren betrunken, in der Hand schwenkten sie Sektflaschen mit goldenen Etiketten, im Sekt schwebten Goldfäden, sie tranken aus der Flasche. Ich wußte nicht, was der Grund war, aber den beiden fielen gleichzeitig die Flaschen aus der Hand und zerschellten vor ihren Füßen, der Sekt schäumte kurz auf. Der eine schob die Scherben mit den Füßen beiseite. Der andere bückte sich und hob den abgeschlagenen Flaschenboden auf. Der eine schüttelte die Hände aus, als wären sie naß geworden. Der andere wischte das Glasstück an seiner Jacke ab. Sie machten ein paar Schritte zur Seite, damit sie im Trockenen zu stehen kamen. Ein Auto hupte, sie drehten sich um, winkten in eine Richtung, in der ich kein Auto sah, und plötzlich ging der mit dem Flaschenboden auf den anderen los, er schlug mit der Scherbe auf ihn ein, traf ihn an der Brust, ich konnte nicht sehen, ob er die Jacke oder das Hemd zerriß, aber ich konnte sehen, daß sich das Hemd rot färbte, und zwar ziemlich rasch. Dann wandte er seinem Opfer den Rücken zu, hob den Kopf und blickte teilnahmslos in den Himmel. Als ob nichts gewesen wäre. Die freie Hand schob er in die Hosentasche, er kniff die Augen zusammen und öffnete den Mund, was wie ein Gähnen aussah, was ich aber nicht glauben konnte. Der Getroffene stand bewegungslos, den Oberkörper etwas vorgebeugt, und schaute an sich hinunter. Er zog umständlich seine Jacke aus, als wolle er nicht, daß sie von seinem Blut befleckt würde. Das Hemd war vorne rot von der Brust bis zum Gürtel. Und da schlug der andere abermals zu. Wieder auf die Brust seines Gegners. Wieder ohne Wut, wie mir schien. Als erledige er einen Job, bei dem es einzig darauf ankam, unverzüglich zwei Schläge zu führen, wenn eine Lampe aufleuchtete. Aber dann wälzten sie sich am Boden. Das war alles so schnell geschehen, daß die Umstehenden zwar zugeschaut hatten, ebenso wie wir, daß sie aber fassungslos waren und deshalb erst jetzt reagierten. Die Mama stützte sich mit den Händen an den Armlehnen ab und hob sich aus dem Rollstuhl, um besser sehen zu können, denn ich stand ihr im Weg. Die beiden Feinde rollten über das Trottoir, ihre Köpfe hingen über den Randstein. Die Jacke des Blutigen war weit in die Straße geschleudert worden. Ein VW-Bus lenkte an ihr vorbei. Aus der Anlegestelle kamen Männer gerannt, einer trug die Phantasieuniform eines Touristenführers. Sie zerrten an den beiden, schließlich zogen zwei an den Beinen des einen und zwei an den Beinen des anderen und trennten die Kämpfenden auf diese Weise. Es wurde nicht geschrien. Der Blutige lag auf dem Bauch, über den Asphalt zog er eine Spur. Dann war die Ampel grün, und wir schauten nicht mehr hin, und ich beeilte mich, daß wir ins Hotel kamen.

Wir hatten Hunger auf etwas Süßes. Es war erst früher Nachmittag, ich verließ das Hotel, gleich nachdem wir angekommen waren, fragte auf der Straße nach einer Konditorei und besorgte uns vier Stück Kuchen, zwei waren mit einem hellrosa Zuckerguß überzogen. Ich bat den Portier im Hotel, ob er oder sonst jemand zwei Kännchen Kaffee in Mamas Zimmer bringen könnte. Das sei schwierig, sagte er, sie seien leider kein Restaurant. Der Mann hatte eine Ähnlichkeit mit Gene Hackman, aber dem sehen viele ähnlich. Er sprach mit einem starken Hamburger Dialekteinschlag. Er roch nach ungelüfteten Kleidern.

»Meine Mutter ist gelähmt«, sagte ich. »Sie mag nicht gern in einem Café sitzen.« Die ganze Wahrheit war es nicht.

»Das tut mir leid«, sagte er.

»Sie haben doch sicher privat eine Kaffeemaschine«, sagte ich. »Könnten wir da nicht zwei Tassen haben.«

»Das ist so eine Sache«, sagte er. Aber er sagte nicht, was für eine Sache das war.

»Oder wenigstens eine Tasse für sie«, sagte ich.

»Will sehen«, sagte er. Rührte sich aber nicht. Er hatte einen Finger mit Heftpflaster verklebt, nur die Spitze schaute oben heraus.

»Zimmer neunundvierzig«, sagte ich.

»Ich weiß«, sagte er.

Er brachte zwei Tassen Kaffee, Milch und Zucker auf Mamas Zimmer. Sie hatte den Stützapparat ausgezogen und saß in dem einzigen Stuhl. Der Kaffee sei bezahlt, sagte der Mann. Er starrte Mama an.

»Du hast ihm gefallen«, sagte ich, als er draußen war.

Sie war bedrückt. Sie war geistesabwesend und murmelte Andeutungen. Von den Vorhängen und vom Teppichboden ging ein staubiger Geruch aus. Auf den Bildschirm des Fernsehers fiel ein Streifen Sonnenlicht und zeigte den feinen Pelz einer Staubschicht. Sie aß die Hälfte eines Zuckergußkuchens. Dann bat sie mich, sie aufs Bett zu heben. Ich nahm den Überzug ab, schlug die Zudecke zurück.

»Nicht zudecken«, sagte sie leise.

Ihr Körper war so leicht. Ich trug sie wie ein Kind auf beiden Armen.

»Genügt dir eine Stunde?« fragte ich.

»Bleib bei mir«, sagte sie. »Leg dich neben mich.«
»Aber ich muß mich zudecken, sonst friere ich.«
»Ich mach mich ganz schmal«, sagte sie.

Wir schliefen nebeneinander ein. Sie lag auf dem Rücken und schnarchte leise. Ich mochte das gern, es war wie eine Kindereisenbahn in den Schlaf hinüber.

Ich wachte auf, weil sie mir mit der Hand über die Stirn strich.

»Mein Liebling«, sagte sie.
»Ich habe dich gern«, sagte ich.
»Ich dich doch auch«, sagte sie.

Achtes Kapitel

In Hamburg habe ich eine Doppel-CD von Velvet Underground gekauft, den Mitschnitt eines Konzerts. Sie kannte die Aufnahme. Es sei das letzte Konzert der Band gewesen, sagte sie, Paris 1993. Ich sah an ihrem Hals den Herzschlag springen. *Pale Blue Eyes*. Lou Reed sang.

»Er kann nicht singen«, sagte ich.

»Pavarotti kann nicht singen«, sagte sie.

Ich saß fassungslos neben ihr. Wie ein Finanzbeamter neben einem Feuerschlucker. Wie kann ein Mensch wegen eines so kleinen Liedes in solche Begeisterung geraten! Ich schämte mich für sie. Wenn ich ihre Erinnerungen erraten könnte, die sich an diese Musik knüpften! Aber die gingen mich nichts an. Ein Mensch, der begeistert ist, wenn er sich an seine Tode erinnert. Eine lautlose, bewegungslose Begeisterung. Da war sie bereits besoffen. Aber was besagt das schon. Ich war auch besoffen. An der Stirn schwitzte sie ein wenig. Hinter geschlossenen Lippen fuhr sie mit der Zunge an ihren Zähnen entlang.

»Ich möchte mir ein Loch in den Kopf schießen bei dieser Musik«, sagte sie.

»Ja, klar«, sagte ich.

»Du bist nicht wahnsinnig genug, der Welt eine Bedeutung geben zu wollen.«

»Das ist eure Angelegenheit, das geht mich nichts an«, sagte ich.

Zwei Tage waren wir in Hamburg geblieben, jetzt waren wir auf der Rückfahrt. Bei einer Raststätte hinter Hannover hatte ich eine Flasche *Four Roses* gekauft, zusammen mit Pumpernickel, Camembert und einer Tüte brauner, langhalsiger Birnen. Das habe ich gemacht, weil ihr Geburtstag war. Sie war achtundvierzig. Den Whiskey tranken wir im Toyota am Fuß des künstlichen Berges in der Nähe von Fulda. Der Berg, der so weiß ist wie Holzasche, eine Abraumhalde, hundert Meter hoch. Ich mußte kotzen.

Sie sagte: »Jetzt würde ich von ihm eine Predigt kriegen, meine Herren!«

Ich sagte: »Ihn werden sie bei der Kur rausschmeißen, weil er sich Joints nach dem Essen dreht.«

»Wir sollten ihn anrufen«, sagte sie. »Er will mir sicher alles Gute wünschen.«

»Er hat mich beauftragt, dir einen Kuß zu geben«, sagte ich.

»Das ist eine Scheißlüge«, sagte sie und hielt mir bei geschlossenen Augen ihren Mund entgegen.

Es war das erste Mal, daß wir auf unserer Fahrt von meinem Vater sprachen.

Es war Nacht, wir standen in der Nähe einer Bauhütte, die sah aus, als wäre sie eingemehlt, wie ein Ding aus einem Kunstkatalog, ein langgestreckter Holzbau, einstöckig, dort brannte ein Scheinwerfer, der war auf den Berg gerichtet. Ich stieg aus dem Wagen und ging hinüber zu der Hütte. Sie dachte, ich muß noch einmal kotzen oder mein Wasser ablassen, das wird sie sich gedacht haben. Da war ein Schild, darauf war zu lesen, daß es sich hier um Kaliabbau handelte. Der Berg ist, was man wegwirft. Ein Weg führte hinauf, auf ihm fuhren am Tag die Lastwagen und machten den Berg breiter und höher. Er zog sich selber aus dem Boden.

Ich äffte ihre Art zu sprechen nach. Tonlos. Ihre Art zu schweigen. Wandte dabei das Gesicht ab. Obwohl sie nichts hätte sehen können. Sie war zu weit weg. Die Gewißheit von Niederlage und Frustration legte sich schwer auf mich. Ich trat aus dem Licht der Bauhütte und ging davon.

Ich stolperte über Asphaltbrocken, rutschte über eine Aufwerfung und spürte weichen Grasboden unter den Füßen. Ich ging, betrunken und der Nase nach. Die Schwärze zog sich um mich herum zusammen und nahm mir den Horizont. Den Oberkörper vorgebeugt. Und hatte bald kein Gefühl mehr für die Zeit. Ich ging hundert Schritte in diese Richtung, gezählte, und hundert in eine andere Richtung, gezählte, machte eine Wendung, stampfte über den weichen Boden, bildete mir ein, einen weiten Bogen zu ziehen. Marschierte drauflos. Über das kurze, feuchte Gras, das jedes Geräusch schluckte. Als spiele ich im Fernsehen ohne Ton. Trat auf Maulwurfshügel. Noch einmal. Und noch einmal. Drückte die Augen zu und sah ein riesiges Kopfkissen vor mir, ein üppiges, verschlungenes Seerosenmuster darauf, und war zufrieden, daß niemand meine Gedanken für mich dachte.

Dann hörte ich die Hupe des Toyota. Ich hätte die Richtung nicht mehr angeben können. Ich ging weiter. Ging, bis ich nüchtern war, und dann ging ich immer noch. Sobald du nüchtern bist, drehst du um, hatte ich zu mir gesagt, aber ich drehte nicht um, als ich nüchtern war, und ich wußte genau, daß ich jetzt nüchtern war. Wie wenn ausgerechnet ich den Willen zum Endgültigen von ihr geerbt hätte. Als man sie mit den blauen Mundwinkeln und der wäßrigen Kotze vorne auf ihrem T-Shirt fand, war ich elf. Er hatte sie gefunden, ihr Mann. Ganz hinten in dem Schlupf unter dem Dach, wo alte Matratzen lagen und alte Mickey-Mouse-Hefte und alte Kleider, in Plastikbahnen gewikkelt und mit Klebstreifen verklebt, und von meinem Inselstraßen-Großvater zwei Koffer, an denen ich gerne roch, weil der muffige Geruch für mich die weite Welt war. Und ist es bis heute noch, verdammte Scheiße, es fällt mir so schwer, über das zu reden, worüber ich gleich reden werde. Als ich kleiner war, fünf Jahre, hatte ich mir unter dem Dach ein Nest eingerichtet. Ihr Fluchen hat denselben Grund wie mein Fluchen. Weil ihr so oft irgend etwas so schwergefallen ist. Sie hat mir beim Nestbauen im Dachboden geholfen. Gesund damals. Die schlanke, biegsame Frau von so vielen Photographien, die heute an den Küchenwänden hängen. Als Beweismaterial. Sie hatte eine dünne Latte an die Dachsparren genagelt und eine Reihe alter Kleider an Kleiderhaken daran gehängt, als eine Staffel von Vorhängen deckten sie die Höhle dahinter ab. In der Höhle befestigte sie eine Wolldecke innen an den Dachziegeln und breitete zwei alte Federbetten auf dem Boden aus und stopfte ein halbes Dutzend geerbte Zierkissen im Kreis außen herum. Und sie sorgte dafür, daß immer Schokolade dort war und eine Taschenlampe und Mickey-Mouse-Hefte und Limonade. Manchmal sagte sie zu den anderen, ich sei hinunter zum See gegangen oder zur Ach, wenn ich in Wahrheit doch in meinem Nest war. Es roch nach ihr dort. Ich tat gar nichts. Schaute mir nicht einmal die Comics an. Luftholen und Zwinkern und manchmal Spucke schlucken. Sonst tat ich nichts. Aß die Schokolade nicht, trank die Limonade nicht.

Ich selber habe Johanna das Nest verraten. Da war die Mama beleidigt gewesen. Und die Johanna war auch beleidigt gewesen. Und der Vater hatte gefragt, warum denn auf einmal alle beleidigt sind, und Johanna hat es ihm erzählt, und er war ebenfalls beleidigt.

Und dort hatte sie gelegen. In meinem Nest. Mit blauen Mundwinkeln. Und verkotztem T-Shirt. Die Beine schlaff wie ausgeronnene Schläuche. Dorthin war sie gekrochen. Hatte sich unten im Treppenhaus aus dem Rollstuhl rutschen lassen, war auf dem Rücken gelandet, hatte sich auf den Bauch gewälzt, hatte die gesunde Hand abgeleckt, immer wieder, damit sie feucht war und am Boden klebte, wie hätte sie sich sonst fortbewegen können. Die Antibiotika und die Magentabletten und die Voltaren und die Rohypnol und die Flasche Schlehenlikör von der Firma Eristoff, mit dem sie die Firma Hoffmann-La Roche hinunterspülen wollte, die Sachen hatte sie vor sich hergeschoben, in einem Teller. Sie hatte sich über die Treppe hinaufgeschleppt, von Stufe zu Stufe, immer zuerst den Teller mit dem Schnaps und den Medikamenten, dann ihren Hintern. Es sind zwei Treppen. Die erste hat acht Stufen, sie führt zum Halbstock, wo das Klo ist. Die zweite Treppe hat neun Stufen. Jede Stufe ein Stück Zeit. Das ist viel Zeit zum Überlegen. Neben dem Klo hat sie nicht mehr weiter gekonnt. Sie hat sich mit dem Rücken an die Klotür gelehnt und verschnauft. Und gewartet. Nicht, daß sie etwa allein im Haus gewesen wäre. Ihr Mann war da. Saß währenddessen in der Küche, baute sich Joints, was er so gut konnte wie niemand, Tüten sagte er dazu, wie fabrikgefertigt sahen sie aus, schlanke, bleistiftlange Trichter mit zierlichem, spitzgedrehtem Ende. Summte bei der Arbeit, summte auf einem Ton, und daß er eine Melodie meinte, konnte man an seiner Stirn ablesen, denn er bewegte die Brauen nach den mitgedachten Tonhöhen. Ich hätte in *Wetten daß* auftreten können. Wetten, daß ich an der Bewegung der Augenbrauen meines Vaters erkennen kann, was für eine Melodie er sich gerade denkt! Sie hat gewartet, daß einer kommt und sagt: Was machst du da? Warum hockst du am Boden? Warum vor der Klotür? Was soll der Teller? Was soll das Zeug im Teller? Was soll das ganze Theater! Warum die Magentabletten und die Antibiotika, die der Alte vor einem Jahr gegen seine Gastritis hätte nehmen sollen und nicht genommen hat? Und warum der klebrige rote Likör? Und warum das gefährliche Rohypnol?

Ich, ich war ebenfalls im Haus. Wo war ich? Ich weiß es nicht mehr. Mein Zimmer käme in Frage oder der Wintergarten oder das Wohnzimmer oder Johannas Zimmer. Vielleicht war ich im Bad. Wäre gern nicht dagewesen. War aber da. Es wäre mir bis heute lieber, ich wäre nicht dagewesen.

Da saß meine Mama vor dem Klo, im Zwischenstock, und rang nach Luft. Und dann ist sie über die zweite Treppe hinaufgekrochen, auf dieselbe Art und Weise, zuerst den Teller auf die Stufe, dann die rechte Hand ablecken, dann mit dem Hintern auf die Stufe, und so weiter. Es war Abend. Weiß ich. Weil ich mich an eine grüne Lampe erinnere, die ich vor mir sah, als mein Vater zu schreien anfing. Es gibt keine grüne Lampe in unserem Haus. Johanna behauptet, es habe nie eine gegeben. Ich erinnere mich an eine grüne Lampe, die brannte, und ich habe hineingeschaut, als er anfing, wie am Spieß zu schreien, und als ich über die Treppe hinauflief, glühte das Licht auf meiner Netzhaut nach. Es kann sein, daß die Lampe in Wahrheit rot war und ich mich an ihr komplementäres Nachglühen erinnere. Das ist Johannas Erklärung. In diesem Fall wäre ich im Wintergarten gewesen, dort war ein roter Glaslampion gestanden, bis er eines Tages umgefallen war und zersplittert dalag.

Der Vater schrie und heulte, und sein Schrei fegte über die Wände und die Decke. Er trug die Mama über die Treppe herunter. Weil ihr Kopf zurückfiel, stand der Mund offen, und die Augen waren ebenfalls offen, nur einen schmalen Spalt waren sie offen, zu schmal, um einen Blick aufzufangen. Er legte sie auf das Sofa im Wohnzimmer und löschte das Licht über ihr. Sie gab keinen Laut von sich. Roch nach ihrer Kotze auf dem T-Shirt. Die Haare waren naßgeschwitzt und klebten wie Entengefieder an ihrem Kopf, und die Stirn schien mir so groß. Er war nicht in der Lage zu telephonieren. Weil er mit dem Finger nicht in die Wählscheibe traf. Erst als er sich mit der anderen Hand den Zeigefinger festhielt, gelang es ihm. Während er wartete, daß unser Arzt, der Dr. Bösch, am anderen Ende abhob, trat er von einem Fuß auf den anderen, als müßte er aufs Klo, vielleicht mußte er ja aufs Klo, ich jedenfalls mußte dringend aufs Klo, und er heulte und versprach, er werde dieses und jenes und was sonst noch alles tun, wenn sie nur am Leben bleibe. Laut in die Luft hinein versprach er es, in die durchsichtige Luft hinein rief er: »Bitte, bitte, bitte!« In die taube, durchsichtige Luft hinein. Ich wüßte nicht, wohin er sonst hätte »bitte!« rufen sollen, an den Himmel glaubte er nicht.

Während meiner Nachtwanderung über den Heideboden in der Nähe des Kalibergs bei Fulda, der einzigen Sensation in dieser Gegend, machte ich die Erfahrung, daß man sich zwingen kann, nicht zu denken, woran man nicht denken möchte. Und ich machte die Erfahrung, daß es dazu nicht der geringsten Anstrengung bedarf. Daß man im Gegenteil das Aufkommen eines Gedankens um so wirkungsvoller bekämpfen kann, je weniger man sich zwingt. »Meine Mutter ist verzweifelt, weil ich sie allein gelassen habe, gleich werde ich an ihre Verzweiflung denken, und auch an mein schlechtes Gewissen werde ich denken, in zehn Schritten werde ich daran denken und umkehren, aber jetzt noch nicht, jetzt noch nicht« – so funktioniert das. Und es funktioniert. Es funktionierte. Und dann hörte ich auch die Hupe meines Toyota nicht mehr.

Ich sah einen Schein am Himmel, ich wußte nicht, ob er von einer Straße oder einer Ortschaft kam, und ich wußte nicht die Himmelsrichtung. Es hätte die Bahnlinie sein können oder eine Autobahnauffahrt. Lange Zeit war die Hupe zu hören gewesen. Immer wieder. In kurzen Stößen. Dann eine Minute Pause. Dann von vorne. Ich kam an Gärten vorbei, da waren weiß schimmernde Plastikkanister gestapelt, an einer Weide lehnten Bündel von Bohnenstangen, die Stoppeln von abgemähtem Mais waren zwischen meinen Füßen. Der Boden roch modrig. Hier leben Menschen, aber du kennst sie nicht. Ich hatte mir gesagt: Ich gehe so lange, bis sie aufgibt, und dann kehre ich um. Aber ich kehrte nicht um, als sie aufgab. Vielleicht hatte sie ja gar nicht aufgegeben, sondern ich war nur schon zu weit vom Toyota weg. Und dann sah ich das Licht am Himmel. Aber warum sollte eine Eisenbahnlinie leuchten, und warum sollte eine Autobahnauffahrt leuchten?

Man behielt sie für eine Woche im Krankenhaus. Und dann für drei Wochen in der Nervenheilanstalt. Sie hyperventilierte. Man stülpte ihr einen schwarzen Plastiksack über den Mund. Ich habe es gesehen und dachte, man macht sie tot. Zu ihrem Besten. Es ist so, und es gehört sich so, dachte ich. Wie ein Ding, von dem sich zu verabschieden nicht lohnt. Als der Herr Fink, wie man meinen Vater in der Nervenheilanstalt nannte, mir mitteilte, daß sie wieder nach Hause komme, da hatte er einen merkwürdig undurchsichtigen Gesichtsausdruck, als wäre er voll hämischer Vorfreude auf etwas sehr Komisches, das uns von nun an nie wieder verlassen würde.

Er und ich saßen in der Küche und warteten auf den Anruf aus der Nervenheilanstalt. Die Mama werde mit der Rettung nach Hause gebracht, hatte es geheißen. Er sah auf seine Hände. Lange. Und dann wusch er sich die Hände, mit Spülmittel wusch er sie. Und schrubbte sie mit *Cif* und einer Bürste. Schnitt sich mit dem Gemüsemesser die Fingernägel, säuberte sie mit der Spitze. Betrachtete die Nägel wie ein Weitsichtiger. Seine Musik mochte ich nicht. Aber seinen Geruch mochte ich. Ich hatte Sehnsucht nach meiner Mutter. Und nach ihrer

Musik. So saßen mein Vater und ich in der Küche. Ich, die Nase im Fraß wie ein Strafgefangener.

Ich erreichte einen Wald, und als ich meine Arme ausstreckte und die Hände groß machte, um mein Gesicht zu schützen, und mich durch das schwarze Gebüsch bahnte, hörte ich nichts als die Geräusche, die ich selber verursachte.

Im Wald war es wärmer als draußen auf dem Feld. Aber es war nicht warm genug. Ich sah nichts, aber ich spürte, daß die Welt um mich herum enger war als draußen, daß ich von den Dingen umstellt war, und ich bildete mir ein, die Dinge der Welt konnten mich in dieser Nacht nicht besonders leiden, und ich mußte ihnen recht geben. Ich hätte mich gern hingesetzt, an einen Stamm gelehnt und eine Weile gedöst. Ich war erschöpft. Es war so dunkel, daß ich Bedenken hatte weiterzugehen, weil ich den Boden nicht sehen konnte. Ich verließ den Wald, und da war ein Hochstand. Ich kletterte über die Leiter hinauf. Es war eine Hütte, die auf vier Stelzen genagelt war, vier oder fünf Meter über dem Boden. Die Hütte war unversperrt und bot Platz für zwei Personen. An allen vier Seiten waren Bretter ausgespart, die Lücken dienten als Sehschlitze. Ich konnte drinnen nicht stehen, auch nicht mit gebeugtem Rücken. Ich kniete. Am Boden lagen Teile von Schaumgummimatratzen. Die waren voll Dreck, das fühlte ich mit der Hand. Auch die Sitze waren mit Schaumgummi belegt, und in die Sehschlitze war Schaumgummi genagelt, damit die Jäger bequem ihre Arme auflegen konnten, wenn sie zielten.

Ich schlief augenblicklich ein.

Wachte gleich wieder auf.

Zwei Katzen fauchten einander an. Sie konnten nicht weit von meinem Hochstand entfernt sein. Dann hörte ich ein Kind schreien. Ein anderes antwortete. Kinderseelen schlüpfen in läufige Katzen und rufen aus ihren Mäulern. Ich trampelte mit den Füßen und fauchte zurück und hörte, wie die Katzen durch das Unterholz davonstoben.

Ich war wach und klar, kletterte über die grobe Holzleiter hinunter und machte mich auf den Rückweg. Ich hatte eine Ahnung, wo der Toyota stand, und wagte nicht daran zu zweifeln.

Mir fiel etwas ein, was ich vergessen hatte. Zuerst dachte ich, es sei nur ein Teil eines Traumes, denn mir dämmerte, daß ich ähnliches auch schon geträumt habe. An einen Kirchenbesuch erinnerte ich mich.

Bestimmt waren wir nicht öfter als einmal in der Kirche. Ein Wunder probiert man nur einmal. Ich erinnerte mich, daß wir hinten in der letzten Reihe gesessen hatten, die Mama, der Vater, Johanna und ich. Die Mama ganz außen in der Bank, beim Mittelgang, neben ihr der Vater, dann Johanna, dann ich. Es muß gewesen sein zwei oder drei Monate, nachdem ihr etwas im Kopf geplatzt war und ihr Körper in zwei Hälften gerissen wurde, in eine gesunde und eine kranke. Es muß gewesen sein ein Jahr, bevor sie in meine Höhle gekrochen war, um dort zu sterben. Ich war zehn. Sie war mir fremd. Auf einmal krank. Auf einmal keine verläßlichen Beine mehr. Und die linke Hand ein blasses Knäuel nur noch. Sie hatte noch keinen Stützapparat um ihr linkes Bein geschient, und Krücken hatte sie auch noch keine. Und auch an einen Rollstuhl erinnerte ich mich nicht. Als die Leute aufstanden und einige im Mittelgang nach vorne gingen, um sich vom Priester die Kommunion geben zu lassen, hob mein Vater die Mama von ihrem Sitz und trug sie zum Altar. Er umschloß ihre Oberschenkel unterhalb ihres Gesäßes, so daß sie ihn mit ganzer Kopflänge überragte. Es war wie Heiligenverehrung, wie der Transport einer Statue. Eine Heilige, die ihre Wunder mit den Augen vollführte. Die breiten, schwarzen, dichten Brauen. Niemand hatte solche Augenbrauen. Und niemand aus der ganzen Schar der Gläubigen kannte jemanden, der solche Brauen hatte. Nur aus Filmen kannte man solche Augenbrauen. Alle in der Kirche schauten meiner Mutter und meinem Vater zu.

Sie konnte damals nicht stehen, auch nicht auf dem gesunden Bein. Was sie heute kann. Ein paar Minuten lang, wenigstens. Sie weigerte sich, irgendwelche Stützhilfen zu gebrauchen. Es wäre gewesen, als würde sie ihre Krankheit akzeptieren. Am Anfang hatte sie von einer Krankheit gesprochen. »Meine Krankheit«, hatte sie gesagt. Eine Krankheit vergeht. Kann behandelt werden. Heilt.

Mein Vater konnte sie vorne am Altar nicht auf die Füße stellen. Sie wäre zusammengeknickt und gefallen. Er ließ sie an seinem Körper herabgleiten, drehte sie um, so daß sie mit ihrem Rücken seine Brust berührte, und hielt sie unter ihren Armen umschlungen. Ein Liebespaar, das bei einem Rockkonzert vor der Bühne steht und den Sänger anschaut, der gerade ihren Lieblingssong spielt.

Der Priester legte die Hostie in ihre gesunde Hand. Er gab auch meinem Vater eine Hostie, obwohl mein Vater das nicht wollte, aber weil er nicht wußte, was er damit sonst hätte anfangen sollen, steckte er sie in den Mund. Dann drehte er seine Frau um, so daß sie nun Brust an Brust standen, als würden sie gleich beginnen, sich in einem langsamen Rhythmus zu wiegen. Einen Augenblick verharrten sie, dann ging er vor ihr in die Hocke, umschlang wieder ihre Schenkel und hob sie hoch.

Jemand fragte, ob er helfen könne. Meine Mutter kaute die Hostie, was man nicht darf, so viel wußte ich. Auch mein Vater kaute die Hostie. Er sagte, nein, er brauche keine Hilfe, schüttelte so heftig den Kopf, daß ihm der verfilzte Roßschwanz über die Schultern nach vorn fiel und zwischen seinem Schlüsselbein und ihrem Becken eingeklemmt wurde.

Es war an einem Sonntag, die Männer trugen Anzüge mit Krawatten, die Frauen Kostüme. Nur unser Vater hatte seine ungewaschenen Jeans an und war barfuß und hatte über ein T-Shirt seine ärmellose Jeansjacke gezogen, auf deren Rücken irgendein unsinniges Emblem genäht war. – Daß er barfuß war, das habe ich jetzt im Augenblick erfunden. Es wäre ihm zuzutrauen, ich kann mich nicht erinnern, wahrscheinlich war er nicht barfuß.

Ich dachte mir, die Leute sehen die Krankheit unserer Mama als eine Strafe. Ich haßte den Geruch dieser Kirche. In unsere Kleider paßte er nicht. Zu Hause würde meine Jacke riechen, als hätte ich etwas mitgehen lassen. Auch an meine Jacke erinnere ich mich. Nichts darf verlorengehen. Eine gebrauchte Jacke, zu groß für mich, ein Blouson aus weißem Stoff mit roten, ledernen Schulterflecken, die bereits brüchig waren.

Ich dachte genauso: Die Krankheit ist eine Strafe.

Wir sind anders als die anderen. Wir riechen anders als die anderen und sehen anders aus. Und haben keinen Beruf. Können nichts. Spielen keine Rolle. Und glauben nicht dasselbe wie die da. Glauben wahrscheinlich gar nichts. Johanna, dachte ich, ist die einzige von uns, die es schaffen wird. Es gelang ihr, sich so anzuziehen, daß sie nicht nur als türkis-violetter Fleck vor einer Hauswand wahrgenommen wurde. Warum zum Beispiel mußte bei uns immer so viel geflucht werden? Und ich, ein Bub von zehn Jahren, warum mußte ich in der Schule wie ein übernächtiger Aschenbecher riechen! Ich wollte nicht anders sein. Ich hatte keine Vorstellung, was ich tun müßte, um zu werden wie die. Alles mögliche hätte ich zustande gebracht, ich hatte geschickte Hände und war sprachenbegabt und konnte mir sehr leicht Dinge merken, Unregelmäßigkeiten fielen mir ebenso auf wie Regelmäßigkeiten, aber wie man wird wie die, davon hatte ich keine Vorstellung. Die Krankheit ist unsere Strafe. Aber wofür? Wofür genau? Für jahrelanges, lautes Musikhören bei offenem Fenster im Sommer?

Ich war nie in meinem Leben bei der Kommunion gewesen, meine Eltern hatten mich und Johanna von allem Anfang an in der Schule vom Religionsunterricht abgemeldet, und getauft worden sind wir wahrscheinlich auch nicht. Vielleicht aber doch, ich weiß es nicht. Aber ein paar Jahre später ist mir ein Licht erschienen vom Himmel her, als ich am Damm des Rheins saß und mich abmühte, Englischvokabeln zu lernen. Immerhin. *I see my light come shining*. Immerhin.

Ein neues Kind hätten sie getauft, das ist zumindest diskutiert worden. Johanna war damals bereits aus dem

Haus. Ich saß vor dem Fernseher und wurde vergessen. Es war ein Jahr, in dem Hoffen und Verzweifeln den Rest unserer Familie beherrschten. Das Jahr begann, als die Mutter aus dem Krankenhaus kam, halbseitig gelähmt, und es endete, als sie zurück ins Krankenhaus gebracht wurde, vergiftet und ohne Willen zu leben.

In diesem Jahr gab es mich nicht mehr. Jede Selbstbehauptung wäre mir böse vorgekommen. Ich wollte nie in meinem Leben böse sein. Ich wußte nicht, daß es eine Redensart gibt, die heißt: sich in Luft auflösen. Aber genau das spielte ich. Ich saß am Fußende des Sofas im Wohnzimmer, oder ich setzte mich auf den Boden und legte den Arm auf das Sofa und den Kopf auf den Arm. Das war ein blinder Fleck in unserer Wohnung. Und dort saß ich und spielte Luft. Spielte Geist.

Meine Mutter lag auf dem Sofa, hoch in den Kissen. Sie weinte. Sobald Ruhe um sie war, weinte sie. Dabei bewegte sie ihr Gesicht nicht. Die Tränen ließen ihre Augen groß werden. Beim nächsten Wimpernschlag sackten sie ab und machten ihre Wangen silbern. Ich öffnete vorsichtig meinen Mund und entließ meine Seele und gab ihr durch feines Blasen einen Stoß, lenkte sie hin zu meiner Mutter und ließ mich von ihr einatmen. Ich kreiste in ihrer Mundhöhle und tauchte in sie hinab, bis in ihr krankes Bein hinunter, und untersuchte das Bein und fand, daß man leider nichts machen konnte, und mir wurde klar, daß sie tot war.

Wie hätte sie merken sollen, daß ich in ihr herumtauchte wie ein Mauersegler durch die Luft. Ich war Luft für sie. Ich schaute auf die Uhr beim Videorecorder und freute mich, wenn er eine Zeit anzeigte, die auf der Digitaluhr spiegelbildlich aussah, wie 22.55 oder

15.21, oder wenn die Ziffern in einfacher Reihenfolge standen, wie 12.34 oder 23.45, am schönsten fand ich, wenn die Uhr ewigen Stillstand vortäuschte, 22.22 oder 11.11 oder 00.00. Es wurde als ein Indiz meiner Intelligenz gewertet, daß mir solche Dinge auffielen.

Ich mixte mir Bananenmilch oder Buttermilch mit Mangosirup und tat dabei so, als ob ich mir etwas gönnte, und wenn ich über den routinemäßigen Hinweis auf meine Intelligenz hinaus überhaupt von den beiden wahrgenommen wurde, dann nannten sie mich ihren kleinen Genießer, was niemals richtig sein konnte, denn erstens war ich mit elf schon fast einen Meter siebzig groß, und zweitens konnte natürlich nicht die Rede davon sein, daß ich »ihrer« war, mir war nämlich, als gehöre ich leider niemandem, ihm sowieso nicht und ihr nicht mehr, leider.

Sie überlegten damals, ob sie ein Kind adoptieren sollten, es war seine Idee. Ein Kind hatte die Frau auseinandergehauen, ein Kind wird sie vielleicht wieder zusammensetzen. Die Geschichte war die – und ich war dabei: Wir fuhren zu dieser Zeit öfter mit dem Taxi nach Bregenz zu dem Friseur, der in unserem Haus in der Inselstraße sein Geschäft hatte, die Mama ließ sich dort ihr Haar machen, und der Friseur erzählte von seinem Leben und daß seine Frau einen Italiener kennengelernt habe und sich scheiden lassen wolle. Eine Zeitlang wurde die Ehe des Friseurs zum wichtigsten Thema bei uns zu Hause. Meine Mutter weigerte sich immer noch, einen Stützapparat anzuziehen oder sich in den Rollstuhl zu setzen. Mein Vater trug sie. Jeden ihrer Wege trug er sie. Sie schlang ihre Arme um ihn, und er schlang seine Arme um sie. Und dann war die

Frau des Friseurs schwanger, und nicht schwanger von dem Italiener war sie, sondern schwanger von ihrem Mann. Und da beschlossen mein Vater und meine Mutter, ein Kind zu adoptieren. Weil nämlich alles gut wurde zwischen dem Friseur und seiner Frau. Je mehr ihr Bauch anschwoll, desto schöner wurde ihre Liebe, und alle konnten es sehen.

Zu dieser Zeit hatten sie Freunde, meine Eltern. Jeder flüchtige Bekannte von früher kam, um meiner Mutter zu sagen, daß sie auf ihn zählen könne. Es ist nicht wahr, daß ein Unglück die Menschen vertreibt, das kann ich nicht bestätigen. Nie hatten meine Eltern so viele Freunde wie in diesem Jahr nach dem Unglück.

Eine Freundin von früher besuchte meine Mutter, eine Freundin aus der besten Zeit, sie brachte ihr Baby mit, elf Wochen alt. Wann war die beste Zeit meiner Mutter gewesen? Als sie nach Zürich gefahren war, um ein Konzert von U2 zu besuchen? Oder nach Basel zu Randy Newman? Oder nach München zu Bruce Springsteen? Oder nach Köln zu Tom Waits? – So gern hätte ich der Lotte in dem Supermarkt in Gießen erzählt, wie ich meine Mutter zu Emmylou Harris bekehrt habe! Eine Lüge wie eine Lossprechung. Jetzt fiel mir auch wieder ein, was Lottes Lieblingssong war: *Everytime You Leave*.

In das Baby von Mamas Freundin verliebten sich meine Eltern. Das Kind war für sie ein Bote vom Himmel. Mein Vater hielt das Kind für einen Engel. Aber in den Augen meiner Mutter stand bereits das Wissen, daß sie niemals wieder in ihr altes Leben zurückfinden werde können.

Und ich? Ich wußte nichts mehr. Und verstand nichts mehr. Und hielt es nicht für nötig, etwas zu verstehen.

Ich hatte freie Verfügung über das Haushaltsgeld, kaufte mir eine Packung gefrorener Himbeeren der Firma Iglo, warf die Beerensteinchen in den Mixer und goß Sauermilch darüber, dreimal dreihundertsechzig Grad Pfeffer dazu. Ich schaute zur Osterzeit ein Weihnachtsvideo an und war nicht unglücklich dabei. Ich, der Genießer. In Wahrheit Luft. Und das gern.

Mein Vater meinte, das Baby trage einen jenseitigen Schein in seinen Augen. Weisheit, sagte er. Ein Wort, das nirgendwo schlechter aufgehoben war als im Mund meines Vaters.

Er fragte im Ernst die Mutter des Engels, ob sie ihr Kind zur Adoption freigebe. Sie lebe allein, argumentierte er, ein Wunschkind sei es nach ihren eigenen Angaben nicht gewesen, weiters fühle sie sich – ebenfalls nach eigenen Angaben – kaum in der Lage, die Arbeit zu leisten und die Verantwortung zu tragen, die ein Kind abverlange. Sie könne ihr Kind selbstverständlich jederzeit besuchen. Und für die Erika werde das Kind wie ein Wunder sein.

»Ein Gnadenhort, wie Lourdes oder Fatima.«

Die Mama wußte nichts von seiner Dealerei. Sie erfuhr es von ihrer Freundin. Die kam dann nie wieder. Meine Eltern haben sich eine Woche lang eingeraucht. Ich ließ mir von Johanna am Telephon Rezepte diktieren und kochte. Kartoffelgulasch, Spaghetti bolognese, Spinatspätzle. Und dann wollte sich die Mama umbringen. So war das gewesen.

Als ich zum Kaliberg zurückkehrte, war es bereits hell. Ich betrachtete meine Mutter, die auf ihrer Seite lag, bis zum Hals in die Wolldecke gewickelt. Ich betrachtete sie durch das Autofenster. Ihre Stirn schimmerte in einem feuchten, blanken, quecksilbrigen Grau.

Ich öffnete vorsichtig die Beifahrertür. Sie hatte ihr Wasser nicht halten können. Ich roch es.

Sie blickte mir ungerührt in die Augen. »Du warst eh nicht weit weg, stimmts?« sagte sie.

»Stimmt«, sagte ich.

»Ich habs gefühlt«, sagte sie. »Es war dumm von mir, so lang zu hupen. Ich habe gefühlt, daß du ganz in der Nähe bist.«

»Ich war in der Nähe«, sagte ich.

»Ich kann dich verstehen«, sagte sie.

Ich hätte sie gern um Verzeihung gebeten und mich zu ihr hinübergebeugt und sie umarmt und meinen Kopf neben ihrem Ohr versteckt. Aber ich sagte nur: »Es war wirklich ein Blödsinn von dir, daß du so lang gehupt hast.«

»Ich bin dreckig«, sagte sie.

»Fahren wir zu Franka«, sagte ich. »In einer Stunde sind wir dort. Dann kannst du dich in die Badewanne legen.«

»Ich bin so dreckig«, sagte sie, »daß ich mich erst waschen möchte. Ich möchte in ein Hotel. Und dann will ich mich noch eine Stunde hinlegen. Ich sehe furchtbar aus. Ich muß mich richtig in ein Bett legen, damit das ganze Zeug unterhalb von meinem Kinn zur Ruhe kommt.«

In Marburg nahmen wir in einem Hotel ein Doppelzimmer. Im Rollstuhl schob ich sie vor die Rezeption. Ich tat, als wäre sie ein Rock-'n'-Roll-Star. Sie trug ihre schwarze Ray-Ban-Sonnenbrille, die ihr mein Vater vor vielen Jahren geschenkt hatte. Während ich die Anmeldeformulare ausfüllte, rieb sie mit ihrer Schulter die weiße Tünche von der Wand.

Neuntes Kapitel

Das Hotel in Marburg neben dem Bahnhof kannte ich. Es war Vormittag, als wir dort abstiegen, noch nicht zehn Uhr. Das Licht fiel auf die Stromleitungen an der Bahnlinie, kühl und grell. Meine Schuhe und meine Hose waren verdreckt von meiner nächtlichen Wanderung um den Kaliberg bei Fulda. Ich klopfte die Schuhe am Trottoir vor dem Hotel ab. Vor drei Wochen war ich an derselben Stelle gestanden und hatte nicht das Gefühl gehabt, ich sei meinem Willen gefolgt, ebensowenig wie jetzt. Vielleicht sind Niederlagen gar nicht so sehr Ergebnisse von Defekten als vielmehr Folgen charakterlicher Eigenschaften. Dann müßte ich zu Tricks greifen, um glücklich zu werden. Walkman mit Zuversichtskassette zum Beispiel. Als ich dahintergekommen war, daß sich Franka mit einem anderen Mann traf, bin ich mit dem Zug nach Marburg gefahren. Bei meinem Toyota war das Kupplungsseil gerissen, und ich hatte kein Geld, um es reparieren zu lassen. Ich besaß gerade noch so viel Geld, daß ich mit dem Zug nach Marburg fahren und mich für zwei Nächte in dem Hotel verkriechen konnte. Um das Grauen zu hüten, das in meinem Herzen freigelegt war. Ich hatte nämlich in der Nacht vorher Frankas Tagebuch gefunden. Es war ein normales Schulheft, Format DIN A5, liniert, und es enthielt nicht mehr als ein gutes Dutzend Eintragungen, die aber datiert. An einer Stelle stand: »Das war ein verfickter Sommer.« Da ist mir die Brust eng geworden. Franka kam erst um zwei Uhr nach Hause, ich habe auf sie gewartet und sie gefragt, ob sie jemanden kennt. Sie sagte: »Ja.« Ich hätte ihr gern zugegeben, daß ich alle ihre Sachen durchwühlt und in ihrem Tagebuch gelesen hatte. Aber dann hätte ich auch sagen müssen, daß ich diesen Satz gelesen habe. Das brachte ich nicht fertig.

Marburg habe ich immer gern gehabt. Ich habe mir die Stadt freigehalten. Damit meine ich, ich habe sie für mich reserviert. Ich bin weder jemals mit Franka nach Marburg gefahren noch mit Merle und Simon. Immer nur allein. Manchmal mitten am Vormittag hatte ich Lust, nach Marburg zu fahren. Das sind mit dem Auto nur zwanzig Minuten von Gießen. Ich habe mich ins Café Vetter gesetzt und hinunter auf das Lahntal geschaut, auf die blonden Gebäude der Universität, den silbernen Klotz der Bibliothek und den Parkplatz beim Hallenbad. Und habe ein Stück Baumkuchen bestellt. Das ist nichts Besonderes, das weiß ich selber.

Als die Mama und ich an diesem Morgen von Fulda über die Landstraße in Richtung Marburg gefahren waren, hatte es ein bestimmtes Gespräch zwischen uns gegeben. Ich weiß nicht mehr, wie es dazu gekommen war. Sie saß neben mir mit weißem, unbewegtem Gesicht. Und schwieg. Und saß starr, als ob sie einen Sonnenbrand am ganzen Körper hätte. Sie roch nach Urin. Das schlechte Gewissen machte mir zu schaffen. Ich fuhr schnell, weil ich ihr angst machen wollte. Weil ich wollte, daß sie etwas sagt. Irgend etwas. Sie hatte keine Angst. Und sie sagte nichts.

»Hast du den alten Fink irgendwann einmal betrogen?« fragte ich und verdrehte auf der Stelle die Augen, als ob sich dadurch dieser Satz wegschielen ließe.

Sie antwortete sofort. »Ja.« Aber sie sah mich dabei nicht an.

»Bevor ich zur Welt gekommen bin oder nachher?«

»Vorher und nachher.«

»Mit wem? Kenne ich einen?«

»Nein.«

»Und weiß er es?«

Jetzt wandte sie mir den Kopf zu und schaute mich an. Aber nicht sehr lange, dann richtete sie ihre Augen wieder auf die Straße. Ich habe das helle Oval ihres Gesichtes nur im Augenwinkel gesehen, ich wollte keinen Blick von ihr haben, und so konnte ich nicht wissen, ob ihr Blick nur interessiert gewesen war oder empört oder amüsiert oder geringschätzig oder was weiß ich wie. Wir fuhren durch ein Dorf, wir waren viel zu schnell, und ich bremste den Toyota scharf herunter. Sie legte ihre gesunde Hand auf das Handschuhfach, um sich abzustützen. Sie fürchtete sich nicht.

»Von einem weiß er es«, sagte sie.

Den Namen des Mannes nannte sie mir nicht. Es hätte mich interessiert. Man kann sich ein Bild machen, wenn man einen Namen weiß. Sie erzählte, sie habe diesen Mann bald nach meiner Geburt kennengelernt.

»Wie bald denn?«

»Sehr bald.«

»Wie sehr bald denn?«

»Ich habe dich noch gestillt.«

Morgenlicht spiegelte sich in den Fenstern. Es war eine Straße, die leicht aufwärts ging und nach außen führte, wie die Straße im Märchen, auf der es nur besser wird, je weiter man nach außen kommt, wo die Tiere nicht mehr reden können. Ein schmerzendes Licht beleuchtete die Welt, stabil, als werde sich der Tag am Ende nicht von der schwer daherwehenden Nachtluft verdrängen lassen.

»Du müßtest dich eigentlich an ihn erinnern«, sagte die Mama.

Und dann erinnerte ich mich tatsächlich. Es war zur Fastnachtszeit gewesen, da bestand kein Zweifel, die Mama und ich waren spazierengegangen. Nur wir beide?

»Nur wir beide.«

Am See entlang, beim Schilf, ich hörte den Fastnachtsumzug aus dem Dorf dröhnen. Ich erinnere mich an meinen langen Februarschatten. Oder Märzschatten. Der vor mir im gelben Gras lag und sich am Kopf auf einen Baumstamm knickte. Die Mama hatte mit jemandem gesprochen, den ich nicht interessant fand. Ich habe ihn mir nicht angeschaut. Ich sei sechs gewesen.

»Warum hast du mich mitgenommen?«

»Ich wußte nicht, daß ich ihn treffe.«

»Ich schätze, du hast dich mit ihm verabredet.«

»Das habe ich ganz bestimmt nicht.«

»Ich glaube es dir nicht.«

»Ich lüge nie.«

»Hat er eine Glatze gehabt? Mir kommt vor, ich erinnere mich, daß er eine Glatze gehabt hat.«

»Er hat keine gehabt.«

»Warum kommt es mir dann so vor?«

»Er ist mir nachgegangen. Wir hatten uns nicht verabredet. Sonst hätte ich dich nicht mitgenommen.«

»Das heißt, die Sache mit ihm hat sechs Jahre gedauert? Mindestens sechs Jahre?«

»Kann sein.«

»Das kann nicht sein, das ist so. Oder länger. Länger?«

»Nein, länger nicht. Es war damals im Prinzip schon vorbei.«

»Und der Fink hat es gewußt, daß es immer weitergegangen ist, auch nach Kreta noch?«

»Nein, er hat es nicht gewußt. Er hat nicht gefragt. Und es ist ja auch nicht richtig weitergegangen.«

»Wie denn, wenn nicht richtig.«

»Ich habe ihn schon gekannt, bevor du zur Welt gekommen bist. Aber da hatten wir nichts miteinander gehabt. Ich habe ihn sogar schon gekannt, bevor die Johanna auf der Welt war. Als ich so alt war, wie du jetzt bist, habe ich ihm einen Brief geschrieben. Den er nie beantwortet hat. Ich habe in dem Brief so getan, als wollte ich ihn etwas fragen, mehr habe ich mich nicht getraut, und ich habe absichtlich mit einem dicken Bleistift geschrieben, damit es nicht so wahnsinnig interessiert wirkte und ich mir nichts vergab. Er hat sich nicht an den Brief erinnert, das war mir recht. Ich habe ihn später ein paarmal getroffen und ihm immer wieder von neuem meinen Namen gesagt, und er hat ihn jedesmal vergessen. Und als ich mit dir schwanger war, im zweiten oder dritten Monat, man hat noch nichts gesehen, hat er mich in Bregenz auf der Straße angesprochen, er war Toningenieur beim Rundfunk damals, das ist er heute nicht mehr, ich weiß nicht, vielleicht ist er ja wieder Toningenieur. Ein Kameramann war dabei und ein Journalist, und er hat das Tonband bedient oder was weiß ich, sie haben die Leute auf der Straße irgend etwas gefragt, und mich haben sie auch etwas gefragt. Verheiratet war er inzwischen. Und Kinder hatte er auch. Zwei. Das ist besser, als wenn er ledig ist und keine Kinder hat. Das habe ich mir gedacht. Für das, was einem schnell durch den Kopf geht, kann man genausowenig verantwortlich gemacht werden wie für die Träume. Er hat meinen Namen wieder nicht gewußt, hat aber gewußt, daß wir uns kennen. Er zeigte aus fünf Meter Entfernung mit dem Finger auf mich. Es war anzunehmen, daß er nie in mich verliebt war und daß er sich nie in mich verlieben würde. Und mir ist durch den Kopf geschossen, daß mir das recht ist. In dem Sinn: daß es günstiger ist. Jedenfalls hat er von da an meinen Namen nicht mehr vergessen. Und er ist mir dauernd über den Weg gelaufen. Er hat eine Zeitlang an jedes Satzende meinen Namen gehängt. Und als du dann auf der Welt warst, waren wir bereits irgendwie wie ein altes Paar und hatten überhaupt noch nichts miteinander gehabt. Und als wir dann etwas miteinander hatten, war das nichts Besonderes mehr. Es war uns klar, daß wir beide auch nicht anders empfinden können als Hunderte Millionen anderer Bürger. Vielleicht war es darum so schwer, damit aufzuhören. Es fiel mir eben immer wieder ein, ihn mittags im Rundfunk anzurufen. Mittags, weil er da am ehesten zu erreichen war. Die Telephonate waren fast immer gleich. Ich sagte: Wie gehts? Und er sagte: Gut. Und dann haben wir beide lange nichts gesagt. Und dann sagte ich: Geht es bei dir um drei? Und er sagte ja oder nein. Er konnte nicht reden, es war immer jemand im Raum. Weil er so oft im Außendienst war, hatte er keine eigene Telephonnummer, das heißt er hatte kein eigenes Büro. Er sagte mir, die Frau unten bei der Vermittlung habe bereits Andeutungen gemacht. Ihm war es nicht egal. Mir schon. Ich bin mit dem Zug nach Dornbirn gefahren, und er hat mich am Bahnhof abgeholt, und wir sind in die Schweiz gefahren und dort gleich hinter der Grenze in einem Hotel abgestiegen. Willst du das alles wissen?«

»Nein, eigentlich nicht«, sagte ich.

Da schwieg sie.

Aber nach einer Weile sprach sie doch weiter: »Ich hatte nie ein schlechtes Gewissen, wenn ich mit ihm geschlafen habe. Vielleicht deshalb nicht, weil ich mir hinterher fast immer dachte, das war das letzte Mal. Nicht aus schlechtem Gewissen das letzte Mal, sondern weil er mir auf die Nerven ging. Aber eine Woche später schon wieder nicht mehr. Nur ein einziges Mal war ich bei ihm zu Hause. An der Wand ein Jesus, der mit dem Tod ringt. Wir haben gern miteinander geredet. Er war stets erreichbar, und in seinem Leben gab es nichts Rätselhaftes oder Verborgenes oder eine Zeit, die er selber weghaben wollte. Trotzdem stellte sich von mir aus nie ein Gefühl der Vertrautheit ein. Obwohl ich ihm alles hätte sagen können. Das konnte ich bei deinem Vater nie. Ich glaube, das einzige im Leben dieses Mannes, das seine Zufriedenheit störte, war ich. Er hat Baby zu mir gesagt. Ich habe zuerst gedacht, das darf ja wohl nicht wahr sein. Wie im Vorabendprogramm. Oder in einem Elvis-Song oder in einem Song von Buddy Holly. Aber dann hat es mich gerührt. Das darf wirklich nicht wahr sein. Aber es hat mich so sehr gerührt, daß ich in jeder Minute hätte weinen können, wenn ich daran dachte. Er hat es so ehrlich gemeint. Wenn ehrlich das richtige Wort dafür ist. Es war für ihn der Doktortitel der Verliebtheit. So ungefähr. Ich habe das noch niemandem erzählt. Einmal war ein Gewitter, es hat gekracht, als ob ein ganzer Wald im Himmel gerodet würde. Wir sind in seinem Auto gesessen und haben gesehen, wie ein Blitz in den See geschlagen hat, und da hat er den Arm über meine Schultern gelegt und gesagt: Ich bin bei dir, Baby. Man darf das nicht erzählen. Nein, man darf das nicht erzählen, weil man einen Scheißlachkrampf kriegt. Aber ich habe mich dann prompt gefürchtet, und zwar nur ihm zuliebe, und ich habe es, glaube ich, gut gemacht. Und ich habe dabei den Kopf gesenkt, damit ich ihn nicht anschauen mußte, weil ich sonst wirklich einen Scheißlachkrampf gekriegt hätte. Und gleichzeitig hätte ich gern geweint. Nur weil er Baby zu mir sagte. Das ist das einzige, woran ich heute noch manchmal denke. Ich hätte damals, als ich in seiner Wohnung war, die Gelegenheit gehabt, über Nacht zu bleiben, seine Familie war nicht da, und ihr seid auch weg gewesen, keine Ahnung mehr, wo ihr hingefahren seid. Er wollte, daß ich bleibe. Zeigte mir das eheliche Schlafzimmer. Ein Schauplatz mit exaktem, wohlgeordnetem Charakter. Er hatte auch bereits eingekauft, was ich gern zum Frühstück mag. Das wußte er, weil wir darüber gesprochen hatten, über solche Sachen unterhielten wir uns gern. Er öffnete den Kühlschrank, Tomaten in Öl, Artischocken in Öl, Oliven gefüllt mit Anchovis, eingelegte Peperoni, Tabasco fürs Toastbrot. Zuviel des Guten. Ein Licht drang aus dem Eisschrank, so grell, daß ich augenblicklich Kopfschmerzen bekam.

Von da an, glaube ich, wollte ich es nicht mehr, wirklich nicht mehr. Ich bin nicht über Nacht geblieben. Ich habe gesagt: Nein. Ich sah ihm seine Gefühle an. Das hat mich gestört. Weil er sich nicht getraute, sie auszusprechen. Das hätte mich zwar ebenfalls gestört, aber nicht so sehr. Er stützte seine Wange auf den Daumen und versuchte anders dreinzuschauen. Aber für das, was er gern als seine Empfindungen ausgegeben hätte, war sein Gesicht wahrscheinlich nicht geeignet. Ich sagte: Du hast dich mit den falschen Leuten eingelassen. Mit was für Leuten denn, sagte er. Mit mir, sagte ich. Aber du bist doch nur eine, sagte er. Und ich sagte: Die Einzahl von Leute kenne ich nicht. Ich kam mir gut vor. War hellwach und hörte, was es zu hören gab. Bei deinem Vater kam ich mir selten gut vor. Ich habe nie mit ihm über deinen Vater gesprochen. Weil ich weiß, daß Männer andere Männer immer für Arschlöcher halten. Manchmal hatte ich ein schlechtes Gewissen, wenn ich mit deinem Vater geschlafen habe. Und das war ein Zustand, für den ich mich geschämt habe. Meine Affäre war ein Gefühl der Freiheit innerhalb vernünftiger Grenzen. So etwas habe ich nie gewollt. Dein Vater ist einer, den man leicht überschätzt. Der da war einer, den man unterschätzte. Er hatte so eine Art, mit einwärts gewandten Fußspitzen zu gehen, und man dachte sich, der kommt nicht schnell ans Ziel, doch das war ein Irrtum. Im Leben deines Vaters gibt es nichts, was nicht an mich erinnert.«

Sie drückte das Kinn gegen das Schlüsselbein. Und sagte nichts mehr. Dann waren wir in Marburg. Hielten vor dem Hotel.

Die Mama kann viel allein machen. Ich schob sie im Rollstuhl ins Bad, ließ ihr heißes Wasser einlaufen und wartete draußen vor der Tür, schaltete den Fernseher ohne Ton ein, zappte ein wenig herum, schaltete ihn aus. Sie kann sich ausziehen und aus dem Rollstuhl stemmen, und sie kann sich in die Badewanne gleiten lassen. Aber mit eigener Kraft aus der Badewanne heraussteigen, das kann sie nicht. Jedenfalls nicht aus einer normalen Badewanne. Die Badewannen in Hotels sind normal. Zu Hause hat sie eine Spezialwanne, die ist flacher, und Stahlbügel sind an den Seiten in die Wand und in den Boden eingelassen. Daran kann sie sich festhalten und sich aus der Wanne ziehen.

Ich öffnete die Badezimmertür einen Spalt, stellte unseren CD-Player davor, hängte ihn an das Netzgerät und legte Velvet Underground ein. *Pale Blue Eyes*. Und drückte die Repeattaste. Liebe Mama, dachte ich, *Sometimes I feel so happy, sometimes I feel so sad*, ich habe vergessen, etwas Bestimmtes aus mir herauszuholen, Mama, etwas, was jetzt in mich hineinwuchert, und ich kann ihm nicht einmal einen Namen geben. Ich hörte die Mama pfeifen. Bei John Cales Geigensolo pfiff sie mit.

Dann rief sie meinen Namen.

»Mach die Musik aus«, sagte sie. »Setz dich zu mir.«

Ihre Schultern sahen eckig aus, sie zog sie nach vorne, machte einen Rücken. Ihr Brüste waren voller und größer, als ich erwartet hatte, und sie waren sehr hell, und das fiel auf, weil nämlich die Brustwarzen fast schwarz waren. Sie blickte zu mir herauf. Sie sah gesund aus. Sie sah aus wie eine junge Frau, der nichts fehlte. Ich gehörte zu ihr, und nichts anderes wollte ich, diese Vorstellung befriedigte mein Verlangen nach kosmischer Ordnung völlig. Ich nahm das Badetuch vom Regal, legte es zusammengefaltet auf den Boden und setzte mich darauf, meinen Rücken lehnte ich an den Heizkörper, der war lauwarm.

Wir saßen da und schauten uns dabei zu, über den Wannenrand hinweg, und sagten nichts. Es war ein fragendes, ein in die Schranken gewiesenes Schweigen, auf beiden Seiten war es das. Aber ihre Augen hießen alles willkommen, was ich war.

»Dein Vater«, sagte sie, »ist ein verzweifelter Mann. Aber er ist nicht auf übliche Weise verzweifelt.« Sie sprach in einer übergenauen Art, als hätte sie sich eine Menge Gedanken zu diesem Thema gemacht und schon lange den Vorsatz gefaßt, sie mir auseinanderzusetzen. »Bis ich krank wurde, gab es kein wirkliches Problem in unserem Leben. Wir haben bis Mittag geschlafen. Unser Bett hat muffig gerochen, das waren die Probleme. Er stand um acht auf, machte Kaffee, zog sich eine Hose über den nackten Arsch und kaufte beim Spar unten Weißbrot ein und legte sich wieder ins Bett. Wir haben die Johanna in den Kinderwagen gelegt und haben sie hinunter zum See geschoben und haben gelesen. Im Winter haben wir sie auf die Rodel gepackt und sind mit ihr am See entlanggelaufen. Das kann ich mir alles nicht mehr vorstellen, später hatten wir dich, dich haben wir gern in die Mitte genommen und Engelchen-flieg mit dir gespielt. Er war verzweifelt. Er wußte nicht, wozu er gut ist. Ein Gummipfropfen im Badezimmer hat mehr Selbstvertrauen. Glückliche Paare schauen gern gemeinsam in den Spiegel, die Frau betrachtet die Frau und der Mann den Mann. Sie wollen nicht sehen, wie der andere aussieht, sondern wie sie selbst neben dem anderen aussehen. Ich habe ihn immer gern angesehen und tue es immer noch. Ich kenne keinen Menschen, der so dasitzen kann wie er. Nachts, wenn draußen der Föhn tobt. Diese Person ist mein Mann. Ich mag ihn. Das ist Liebe. Aber dann hat er angefangen, sich zu beschäftigen. Er hat angefangen, mehrere Dinge gleichzeitig zu tun, während er saß. Und alles tat er mit einer trotzig zur Schau gestellten Unfähigkeit. Essen, lesen, Bilder anschauen, fernsehen, Musik hören. Er kann es nicht. Es bedeutet ihm nichts. Er demonstriert lediglich, wie bereit er ist, eine Strafe anzunehmen.«

»Du bedeutest ihm etwas.« Sagte ich.

»Ja«, sagte sie.

»Die Erika bedeutet dem alten Fink etwas.«

»Monatelang hat er mich getragen. Er sagte: Komm, wir gehen ein Stück. Und dann hat er mich hochgehoben und ist mit mir die Straße hinuntergegangen bis zum Leuchtengeschäft Alge, wo heute die Steuerberaterin Fehr ihr Büro hat. Dann hat er mich auf die Mauer gesetzt und hat sich neben mich gesetzt, und dann sind wir weiter in den Wald bei der Ache, und dort haben wir uns auf die Steine beim Damm gesetzt, und dann hat er mich, an den hohen Brombeersträuchern vorbei, wieder nach Hause getragen. Und ich habe eine feuchte linke Hand gehabt, weil ich in ihr den Plastiksack mit den Bananen getragen habe. Wenn ich den Sack die ganze Zeit in der gesunden Hand gehalten hätte, hätte ich einen Krampf gekriegt. Die kranke Hand war sowieso schon verkrampft, da konnte man alles hineinklemmen, was Platz hatte, das hielt wie ein Gewehr in den Knackhändchen von Playmobil-Cowboys. Ich wollte den Stützapparat nicht. Ich trag dich, sagte er. Was ist der Unterschied zu früher, sagte er, wir haben doch nie große Wege hinter uns gebracht. Wir gehen jetzt mehr als früher. Ich erinnere mich an einen diesigen Tag, kein Nebel, ein angenehm kühler Schmauch vom See herauf, die Sonne schimmerte durch, ich sah die Sonnenscheibe durch den Dunst, sie tat meinen Augen nicht weh, ich konnte nicht ausmachen, wo das Land aufhörte und der Himmel begann, es waren die ersten Minuten, seit ich aus dem Krankenhaus zurück war, die ohne einen Gedanken an mein Unglück waren. Aber dein Vater hielt das Sitzen nicht mehr aus. Alle Umstände waren außer Kontrolle geraten. Er bewegte sich zwischen den Bäumen, und er hatte einen neuen, einen beschwingten Gang, der ihn ehrgeizig aussehen ließ, ein energisches Hüpfen. Als mir dann doch ein Stützapparat angepaßt wurde, wußte ich, daß es für mich keine Überraschungen mehr geben wird. Bis an mein Lebensende keine mehr. Bei dieser Gelegenheit habe ich dann auch die Lebensanschauung verloren, die es mir ermöglicht hätte, mich zu bedauern. Wir werden trainieren, sagte er. Als ob ein Hirnschlag eine Art Formtief wäre! Ich bin dein Trainer, sagte er. Der Dr. Bösch hat gesagt, das sei gut. Als er mich zum ersten Mal in meinem neuen Leben besuchte, brachte er einen Napfkuchen mit weißer Glasur mit. Hatte er selber gekauft. Im Café Bohle in Bregenz. Hat ihn sich einpakken lassen. Obwohl er es eilig hatte. Obwohl ein Infekt herum war und er eine Menge Hausbesuche zu erledigen hatte. Mit Gehbehinderten trifft man sich zu Kaffee und Kuchen, das ist so. Später hat er gesagt, das Training sei nicht gut. Später ist es sogar zu einer Schreierei zwischen dem Dr. Bösch und deinem Vater gekommen. Das heißt, der Dr. Bösch hat geschrien, dein Vater stand nur im Türrahmen, rauchend. Er könne es nicht zulassen, wie der Herr Fink seine arme Frau so sinnlos schinde, schrie der Dr. Bösch. Sinnlos? Ich sagte: Sinnlos? Ich soll einfach nicht hinhören, sagte dein Vater. Er hat den Haushalt gemacht. Nicht besonders gut. Aber ich habe diese Arbeit ja auch nie besonders gut gemacht. Er machte Liegestütze. Damit ich dich besser tragen kann, sagte er. Mir kam vor, als sammle er Pluspunkte. Ich sagte: Mir kommt vor, als sammelst du Pluspunkte. Er sagte nur: Aso? Ich sagte: Willst du denn nicht wissen, was ich damit meine? Doch, sagte er. Daß du Pluspunkte sammelst, um ohne schlechtes Gewissen von mir wegzugehen, sagte ich, das meine ich. Er hörte mir nicht zu. Du tust alles, was du kannst, stimmts? Sagte ich. Weiß nicht, sagte er, ich tus einfach. Nach dem Frühstück haben wir trainiert. Sein Ellbogen liegt einfach zu hoch. Ich sage zu ihm: Geh ein bißchen tiefer! Bitte, geh ein bißchen tiefer. Bitte, bleiben wir stehen. Nein, sagt er. Er kapiert nicht, daß es mich neben ihm in die Höhe reißt. Ich sage es ihm. Es reißt mich neben dir in die Höhe, verdammt noch mal! Aber er kapiert es nicht. Weil er nicht zuhört? Weil er dumm ist? Oder weil er sich denkt, jeder Schritt ist ein Pluspunkt für ihn? Er tut mehr, als man vom anständigsten Mann verlangen kann. Was über den Anstand hinausreicht, kann er sich gutschreiben. Sagen wir: pro Punkt kriegt er einen Tag. Kann man so rechnen? Wie viele Tage will er herausholen? Wie viele Tage hat er schon beieinander? Ist jeder Schritt, den er neben mir macht, ein Pluspunkt? Wenn er 365 Punkte beisammen hat, dann kann er mit ruhigem Gewissen ein Jahr von mir weggehen. Bei 3650 Punkten sind es zehn Jahre. Damals war er fünfundvierzig. Mehr als fünfundsiebzig Jahre wird er sich im ganzen nicht geben, der Kettenraucher. Also irgendwann, bei 10000 Punkten, kann er mich verlassen und muß nie wieder zu mir zurückkehren. Solche Sachen sind mir durch den Kopf gegangen. Ich hatte solche Schmerzen in der Hüfte, daß ich nicht einmal weinen konnte, sondern fassungslos war, fassungslos, wie es überhaupt möglich und erlaubt sein konnte, daß einem so etwas zustößt. Dann machten wir eine Pause. Setzten uns hin und haben Vitaminsäfte getrunken.«

Ihre Haut war aufgeweicht, ihre Wangen glühten, und die Ringe unter ihren Augen schienen tiefer einzuschneiden und waren grau. Ich hob sie aus der Wanne. Meine Hände auf ihrer Haut kamen mir grob vor wie die Hände eines arbeitenden Mannes. Zwei Spiegel waren in dem Bad, sie hingen einander gegenüber. Ich sah meinen Hinterkopf und das lächelnde Gesicht meiner Mutter. Sie hatte ihre Hand wie einen Stern auf meinem Rücken ausgebreitet. Ich trug sie ins Zimmer und legte sie aufs Bett. Sie streckte ihre Hand nach mir aus und streichelte mich. Ich deckte sie zu.

»Ruf ihn an«, sagte ich. »Ich habe die Nummer von der Reha-Klinik.«

»Später«, sagte sie. »Ich möchte schlafen.«

Ich legte mich auf die andere Seite des Doppelbettes, deckte mich aber nicht zu.

Ich wachte auf, weil ich ihre Stimme hörte. Sie telephonierte mit ihrem Mann. Als sie sah, daß ich wach war, drückte sie den Hörer in ihre kranke Hand und winkte mir mit der gesunden einen Gruß zu. Sie war angekleidet, hatte die Lippen kühn über den Rand geschminkt. Sie berührte den Mundwinkel mit dem Fingernagel und strich etwas weg. Sie nickte und lächelte und hob die stolzen Augenbrauen.

Wir blieben nur die paar Stunden in Marburg. Am Nachmittag fuhren wir nach Gießen weiter. Nicht eine Wolke stand am Himmel, das Land schimmerte in selbstgefälligem, einsamem Glanz.

Zehntes Kapitel

Als meine Mutter zu Bett gegangen war, nach eins war es, da sagte Franka, daß sie enttäuscht sei, weil ich mich nicht gemeldet hätte, wo ich doch mein Kommen angekündigt hatte und also hätte wissen müssen, daß sie auf einen Anruf von mir wartete. Daß sie nämlich wirklich gewartet und sich nicht ausgekannt und schon geglaubt habe, ich werde mich überhaupt nie wieder bei ihr melden. Sie weinte ein wenig. Wie sie es kann, nämlich ohne ihr Gesicht dabei zu verziehen. Mit Geradeausblick. Zielte an mir vorbei und blieb ein paar schwere Atemzüge lang stumm. Sagte dann aber, daß sie sich in erster Linie freue, daß ich wieder bei ihr sei, daß alles andere unwichtig sei, und sagte, sie wünsche sich, daß ich wenigstens in dieser Nacht bei ihr im Bett schlafe. Sie trug ein Männerhemd, das gut in den Sommer gepaßt hätte, kurzärmelig mit einem Muster aus kleinen, grünen Känguruhs auf rosarotem Grund. Sie kaufte billig ein, Abverkäufe, von schludriger Machart, Zeug, das nicht eine Nacht würdig überstehen konnte. Sie hatte nackte Beine und war barfuß. Sie habe viel über uns nachgedacht, sagte sie.

»Es war weiß Gott notwendig«, sagte sie.

Ob ich auch über uns nachgedacht hätte. Und es

war Spannung um ihren Mund, und es war Unruhe auf ihrer Stirn. »Hast du?«

»Nein«, sagte ich.

Erstens: weil ich nicht ehrlich sein wollte. Zweitens: weil ich ihr weh tun wollte. Es wäre ja auch für sie nicht notwendig gewesen, über uns nachzudenken, wenn sie nicht mit diesem Lehrer etwas angefangen hätte.

Ich hockte am Boden ihres Arbeitszimmers, hatte den Rücken an das Sofa gelehnt. Das mein Bett war, seit Franka begonnen hatte, abends wegzugehen und erst um eins oder zwei oder drei oder vier oder fünf oder sechs nach Hause zu kommen. Sie watete auf Knien über die Schaumgummimatratze auf mich zu.

»Es ist aus mit ihm«, sagte sie.

Ich habe das nie gern gesehen, wenn Franka Rotwein getrunken hat. Es wirkt arrogant, wie sie das Glas an die Lippen führte. Im Profil sah sie arrogant aus. Ihre Lippen lagen so ruhig aufeinander, als gäbe es keine Sache in der Welt, für oder gegen die zu sprechen es sich lohnte. Wenn sie mit einem Weinglas dasaß und nachdachte oder so aussah, als ob sie nachdenke, dann verbreitete sie eine Atmosphäre düsterer, spöttischer Verträumtheit um sich, in der ich nichts verloren hatte, und ich kam mir billig und einfältig vor. Dann konnte es geschehen, daß wieder diese Ahnung von öder Verlassenheit über mich herfiel, so daß ich denken mußte, ich werde mich nie wieder in meinem ganzen Leben irgendwo zu Hause fühlen können. Ich wußte, daß dieses Gefühl nicht lange anhalten würde, aber es ließ sich für mich aus diesem Wissen kein Trost gewinnen, denn ich war ein vom Glück verlassenes, zu groß geratenes Vieh.

»Es ist aus mit ihm«, wiederholte sie.

Sie trug zwei Gläser mit Rotwein, eines für mich, eines für sich, balancierte mit den Armen. Sie hielt die Gläser nicht an ihren Stielen, sondern zwischen Daumen und Zeigefingern am Boden. Warum eines für mich, um Himmelswillen? Ich war beunruhigt, ihre Haut zu sehen. Ich habe einen Blick für Dinge, die mir Unglück bringen. Ich schaute auf den Teppichboden, in den Kekskrümel eingearbeitet waren. Die kannte ich, und die waren auf meiner Seite. Der Teppichboden war gelblich, nicht golden, wie der Vermieter dazu sagte. Ich habe mich manchmal am Vormittag auf ihn gelegt und bin eingeschlafen und aufgewacht und noch eine Weile liegengeblieben, eine Wange auf ihn gepreßt, und hinterher klebten Kekskrümel an meiner Wange. Ich bin einer jener Unglücklichen, die sich an jedes Wort erinnern.

»Das hast du schon einmal gesagt«, sagte ich.

Und ich bin ein Meister, wenn es darum geht, Anzeichen meiner Niederlage zu erkennen. Warum zwei Gläser mit Wein? Ich bin kein Ehrlichkeitsfanatiker. Niemand muß mir von sich aus die Wahrheit sagen. Was nicht heißt, daß ich angelogen werden möchte. Wer möchte das schon. Ich war stets auf eine sanfte, eine kühlende Version der Wahrheit aus. Warum sollte es das nicht geben. Und wenn diese Version nur die halbe Wahrheit beinhaltete, dann sollte es meinetwegen nur die halbe Wahrheit sein.

»Aber diesmal habe ich vorher lange darüber nachgedacht«, sagte sie.

Wenn jemand immer die ganze Wahrheit sagt, dann führt das letzten Endes nur dazu, daß keiner mehr die entscheidenden Fragen an ihn richtet. Etwas anderes behauptet nur die Propaganda.

Ich antwortete ihr nicht.

Als sie bei mir angelangt war, den Kopf mit den knappen, starren Locken hoch über mir, da wurde ihr klar, daß sie von ihren Händen verraten wurde, daß ihre Hände Griffe und Bewegungen wiederholten, die bei anderer Gelegenheit angewöhnt worden waren. Ich habe nie Rotwein getrunken.

Das Licht von der Schreibtischlampe ließ ihre Augen hellblau aufschimmern. Ich hasse nichts auf der Welt mehr, als wenn ein Mann und eine Frau am Abend gemütlich ein Glas Rotwein trinken. Und es miteinander treiben, während der Fernseher läuft. Über denen könnte ich das Dach anzünden.

»Und du hast nicht ein einziges Mal über uns nachgedacht?« fragte sie.

»Nicht ein einziges Mal.«

»Und nur über mich? Allein über mich? Über mich ohne dich?«

Ich hatte diesen Mann erst einmal gesehen, aus einer Entfernung von geschätzten sieben Metern. Von hinten, schräg links. In der Mensa. Ich, beim Förderband für das gebrauchte Geschirr stehend, an der rechten Hand Merle, an der linken Hand Simon, den Speisesaal nach ihrer Mutter absuchend. Er, das Tablett mit dem Zweier-Menü in Empfang nehmend. Merle sagte: »Dort ist Frankas Freund.« Und lugte zu mir herauf, todunglücklich grinsend, weil wir beide ja im selben Boot saßen, welches ein leckes Boot war, weswegen wir es beide bei der nächsten Gelegenheit würden verlassen müssen. Das sagte mir ihr Blick. Ich sah den Mann an einem der Tische Platz nehmen und eine Gabel voll Reisfleisch in den Mund schieben. Etwas von dem Reisfleisch fiel ihm auf den Kragen, und er merkte es nicht. Die kleinen Brocken kollerten ihm über die Brust und über den Bauch und landeten zwischen seinen Beinen. Was für ein Abenteuer für die Reiskörner! Mir war, als hätte ich an einer Intimität teilgehabt. Wie wenn einer die Eselsgeduld aufbrächte, einem fremden Pikkel beim Wachsen zuzusehen. Solch unverhoffte Zeugenschaft kann vielleicht bewirken, daß man das eigene Leben besser in den Griff bekommt. Er war umgeben von Männern, die ihm ähnlich sahen, so daß ich mir nicht gemerkt hatte, wie er aussah. Gott ist auf meiner Seite, er vervielfältigt meine Feinde, ohne sie zu vermehren. Und macht sie belanglos. Was mich tröstet.

Ich war eine Pflanze, die wartet. Immer war ich das. Merle und Simon waren von ihrer Mutter zu ihren Großeltern gebracht worden.

»Damit wir etwas miteinander unternehmen können«, hatte Franka zu meiner Mutter gesagt. Sie hatte ihr im Kinderzimmer das Bett gemacht.

Ich sagte: »Hast du das Bett frisch überzogen?« Laut hatte ich das gesagt. Das hat sie gekränkt. Darum war es, als wir schließlich allein waren, ziemlich lang still zwischen uns. Das war sicher ein guter Boden für einen Streit.

Sie sagte: »Ich glaube, Wise, wir beide sollten zur Zeit sehr vorsichtig miteinander umgehen.«

Weil sie dachte, ich glaube irgendwie an Gott oder an etwas Übernatürliches, was mir letzte Anweisungen gibt, hatte sie Hemmungen, mich über irgend etwas zu belehren. Was sie gern getan hätte. Sie hätte mich gern erzogen. Und mir wäre das gar nicht so unrecht gewesen. Aber es ist nie dazu gekommen. Wir hätten dann wohl aufhören müssen, miteinander zu schlafen. Das wollte sie nicht.

Drei Tage blieben die Mama und ich in Gießen. Wir haben Dinge unternommen. Sind nach Frankfurt gefahren. Zu dritt. Waren im Zoo. Stellten uns eine gute halbe Stunde im Giraffenhaus unter, als es regnete. Eine Giraffe beugte ihren Kopf zu meiner Mutter herunter und betrachtete sie, wie sie im Rollstuhl saß mitten in dieser künstlichen tropischen Welt mit ihren Palmen und Lianen und kolonialen Korbstühlen. Dann haben wir ein paar CDs in der Stadt gekauft. Von Willie Nelson *Across the Borderline*, ein gelbes Greatest-Hits-Doppelalbum von Hank Williams und *Chill Out* von John Lee Hooker, wo der alte schwarze Mann eine Nummer zusammen mit Carlos Santana und eine andere mit Van Morrison singt. Auf dem Rückweg nach Gießen hat uns meine Mutter alles erzählt, was man über die CDs wissen muß. Ich habe eine CD von Emmylou Harris für sie gekauft, nämlich *Blue Kentucky Girl*, auf der *Everytime you leave* drauf ist, Lottes Lieblingssong.

»Auf Empfehlung einer Freundin«, sagte ich.

Nach vier Tagen sind die Mama und ich wieder in den Süden gefahren. Nach Hause. Zwischen Stuttgart und Ulm riß der rechte Bremsschlauch. Es war Mittag, die Luft über der Schwäbischen Alp war so nebelfeucht, daß ich den Scheibenwischer einschalten mußte, wir bewegten uns im Schrittempo in einem Stau, da merkte ich, daß der Wagen beim Bremsen nach links zog. Bei der nächsten Ausfahrt verließ ich die Autobahn, fuhr langsam auf der Landstraße durch ein Waldstück, bis wir zu einer Ortschaft kamen, am Ende stand eine Tankstelle mit einer Werkstatt.

»Hätte genausogut schlimm ausgehen können, stimmts?« sagte die Mama.

Sie war mit allem einverstanden, und das ärgerte mich ein wenig.

»War eh bisher eine langweilige Fahrt«, sagte ich.

»Besonderes habe ich selber genug«, sagte sie.

»Wenn es das ist, was ich befürchte, dann können wir den Wagen stehenlassen«, sagte ich, und das war nicht einmal die halbe Wahrheit.

Sie fragte nicht weiter.

»Dann bleibt uns nichts anderes übrig, als mit dem Zug nach Hause zu fahren«, legte ich nach.

Sie war mit allem einverstanden.

Epilog

Für das Ende habe ich mir ein paar Gedanken über meinen Toyota Corolla aufgehoben. Ich hatte den Wagen ein Vierteljahr vorher von einem Mann gekauft, der mein Halbonkel ist. Ich habe diesen Mann zum ersten Mal gesehen, als ich den Wagen abholte, und seither habe ich ihn nie wieder gesehen. Ich habe sogar seinen Familiennamen vergessen, sein Vorname ist Gilbert. Er ist der Stiefbruder meiner Mutter und nicht viel älter als ich, fünf, sechs Jahre vielleicht oder sieben, jünger als Franka jedenfalls. Er wohnte in Wangen im Allgäu, arbeitete in einer Bosch-Filiale und handelte nebenbei auf eigene Rechnung mit Gebrauchtwagen. Er sah meiner Mutter ähnlich, das hat mich verunsichert. Die beiden sind fast zwanzig Jahre auseinander, und ich weiß ja, es ist unsinnig, aber es fiel mir schwer, gegen die Vorstellung anzudenken, daß sich Geschwister um so ähnlicher sehen, je näher sie altersmäßig beieinander liegen. Ich mußte mich zusammennehmen, daß ich ihn nicht die ganze Zeit anstarrte. Er war sehr ernst, trug eine grüne, saubere Schürze und spielte die ganze Zeit mit einem winzigen Schraubenschlüssel. Ich wartete auf Blicke oder ein Zucken des Mundes oder der Brauen oder ein bestimmtes Lächeln oder eine bestimmte Art zu schlucken oder sonst irgend etwas, was mich an meine Mutter erinnerte. Von der Nase aufwärts sahen sie sich besonders ähnlich. Meine Mutter sagte mir später am Telephon, sie selbst habe lange nichts von Gilberts Existenz gewußt. Erstaunlich, daß sein Familienname nicht derselbe ist wie ihr Mädchenname. Sie haben ja denselben Vater. Darauf wußte sie auch keine Antwort.

Ich war ein Kunde für ihn, vielleicht kein ganz normaler Kunde, aber ein Kunde. Fünfhundert Mark nahm er. Der Corolla war neu gespritzt, gelb. An manchen Stellen werde bald der Rost herauswachsen, sagte er. Er machte mir nichts vor. Er hatte einen Austauschmotor eingebaut und den Wagen über den TÜV gebracht.

Der Corolla hat seine Stärken. Gilbert führte mir eine davon vor. Wir fuhren eine Runde, erst ich am Steuer, dann er am Steuer. Als wir ausstiegen, drückte er die Knöpfe an den Türen herunter, ließ den Zündschlüssel stecken und schlug die Türen zu.

»Kann jedem passieren«, sagte er, »und wird auch dir passieren. Was tust du?«

Ich hatte keine Ahnung. Zerrte an den Türen, weil ich meinte, das sei ich ihm schuldig, ich wollte ihm nicht die Dramaturgie seiner Belehrung kaputtmachen.

»Ich werde den ADAC anrufen«, sagte ich.

»Wenn ein Telephon in der Nähe ist«, sagte er. »Und wenn keines in der Nähe ist?« Ohne zu triumphieren.

»Ich weiß nicht«, sagte ich.

»Es wird dir passieren eines Tages«, wiederholte er, noch nüchterner, noch unprophetischer im Ton. »Man kann sich zu Aufmerksamkeit zwingen, eine Weile lang geht das, aber es kostet Kraft, und irgendwann erlahmt man.«

Er nahm den kleinen Schraubenschlüssel zwischen die Lippen, wippte ihn wie eine Zigarette, legte die Handflächen vorsichtig an die Scheiben des Toyota und nickte lange vor sich hin. Und das kannte ich von meiner Mutter. Dann trommelte er mit den Fingerkuppen kurz gegen das Glas, als hätte er nun seinen Gedankengang abgeschlossen, und sagte etwas, was mich merkwürdig berührte.

»Ich entdeckte, daß ich im Zimmer stand, ohne mich daran erinnern zu können, durch die Tür gegangen zu sein.«

Das Merkwürdige daran war: Das glaubte ihm niemand. Ihm nicht. Das hörte sich an, als ob er jemanden zitiere, eigentlich jemanden imitiere. Als habe er diesen Satz selber irgendwann gehört, und nun machte er ihn vor mir zum Argument. Er warf mir einen Blick zu und wischte schnell darüber: »Nur als ein Beispiel. Du weißt, was ich meine?«

»Nein«, sagte ich. Mein Harmoniebedürfnis war erloschen.

»Ich möchte dir jetzt einen der Vorteile dieses Wagens demonstrieren.« Er winkte mich mit dem Zeigefinger zu sich, deutete auf die Antenne am Heck des Wagens. »Das ist dein einziges Werkzeug«, sagte er. »Es gibt keine Werkstatt weit und breit und kein Telephon, und deinen Leatherman hast du im Handschuhfach liegen.«

Er schraubte die Antenne ab – immer noch hielt er den Schraubenschlüssel zwischen den Lippen –, bohrte den Antennendraht durch den Abdichtgummi eines der hinteren Fenster und öffnete mit einem gezielten Stoß den Verschluß. Dann fuhr er mit dem Arm tief ins Innere des Wagens und zog den Knopf an der Tür hoch.

»Wie lange?« fragte er.

Ich hatte nicht auf die Uhr gesehen, ich besaß gar keine Uhr, ich sagte: »Eineinhalb Minuten.«

»Das ist ein Vorteil dieses Wagens: die abschraubbare Antenne. Länger als fünf Minuten wirst auch du nicht benötigen.«

»Und jeder andere auch nicht«, konnte ich mir nicht verkneifen, und das ärgerte ihn und war schuld daran, daß wir keinen Kaffee miteinander tranken.

Er drehte sich weg von mir, sah mich nicht mehr an, wenn er mit mir sprach. Ging in die Werkstatthalle zurück. Begann sich mit anderen Dingen zu beschäftigen. Gab dem superblonden Lehrling mit dem dunklen Haaransatz Anweisungen. Ich immer hinter ihm her. Sein teilnahmsloser Rücken strahlte Mißbilligung aus. Das tat mir leid, denn ich war mir ziemlich sicher, daß ich Gilbert nie wieder im Leben sehen und er mich nun als einen undankbaren, besserwisserischen Nörgler in Erinnerung behalten würde, was ich ganz bestimmt nicht sein will, aber womöglich doch bin.

In Gießen fuhr ich selten mit dem Auto, meistens nahmen wir Frankas Wagen, ebenfalls ein Japaner. Man stelle sich vor, wir zwei kargen Bohnenstangen besaßen zwei Autos! Versicherung und Steuer ihres Wagens wurden vom Konto ihrer Eltern abgebucht. Mein Toyota Corolla parkte unten vor dem Block, überdacht von einer Linde des Philosophenwaldes. Manchmal, an Regentagen, nahmen Merle und Simon Wolldecken mit nach unten und machten es sich auf dem Rücksitz gemütlich, aßen Kekse und hörten Radio. Sie vergaßen die Wolldecken, und ich, wenn ich Streit mit Franka hatte, fuhr in Richtung Marburg und hinter Lollar von der Straße ab auf einen Waldweg, und dort hielt ich und kuschelte mich in die Decken, so gut es bei meiner Länge möglich ist, und hörte ebenfalls Radio und schlief ein und wachte mit dem Gefühl einer einmaligen Gegenwärtigkeit auf, als gäbe es nichts, wofür ich büßen, und nichts, wovor ich zittern müßte, alles, was mir durch den Kopf ging, war reine Möglichkeit, die keinerlei Erwartungen enthielt. Der Rücksitz meines Toyota war eine zeitfreie, depressionsfreie Basis, von der aus es sich relativ risikoarm träumen ließ. Trotz Regens stand mir die Welt offen.

Dauernd war etwas mit dem Motor, er sprang nicht an, dann bekam ich heraus, woran es lag. Das heißt, ich rief Gilbert an, und der sagte, ich solle den Verteilerkopf aufmachen, beschrieb mir auch sehr genau, was und wo der Verteilerkopf war und wie man ihn aufmachte. Nun solle ich eine Münze nehmen, am besten ein österreichisches Zehngroschenstück, er sage das nicht aus Patriotismus, sondern weil sich Aluminium besser eigne als die Legierungen deutscher Münzen. Mit dem Geldstück solle ich die Metallstellen im Verteilerkopf, an denen der Funke überspringt, abkratzen. Dort bilde sich nämlich gern ein Belag. Ich habe das verstanden und habe alles gemacht, wie es mir Gilbert beschrieben hatte, und der Wagen sprang wieder an. Gilberts Worte waren sehr sachlich gewesen. Eine anklagende Heiserkeit schwang in seiner Stimme mit. Bildete ich mir jedenfalls ein. Ich habe es mir mit ihm verdorben. Leider. Wahrscheinlich auf ewig.

Soviel über meinen Toyota Corolla.